Silêncio Sideral

Volume 1

M. G. Tognoli

SUMÁRIO

Capítulo 1

N a escuridão total do espaço, um pontinho dourado se aproxima do alçapão da nave. Ele não era detectado pelos sistemas, não era um asteroide, não era um entulho, não era uma nave menor, mas lá estava ele se aproximando como uma força da natureza em direção a enorme nave.

— Soa os alarmes? — perguntou Cell à comandante de seu posto.

— Ainda não — ela respondeu fazendo sombra com as mãos em cima dos olhos e pressionando contra o vidro.

— O que é aquilo? — perguntou Cell. Os engenheiros ao fundo, em seus macacões vermelhos, paravam para tentar entender, mas não consideravam importante o suficiente para dar mais atenção do que um pequeno olhar de relance à curiosidade de sua supervisora.

— Abra o *Airlock*, libere o guincho! — gritou a supervisora. Cell em surpresa não reagiu ao comando, então a supervisora gritou para que os engenheiros a ouvissem — Abram o airlock! É uma alma, é um resgate!

E, como numa dança, todos se moveram de forma perfeitamente coreografada a fim de resgatar quem se aproximava. A comandante da doca estava certa: era alguém com um traje dourado e azul. Ele se guiou pelo fio, como a um bote salva vidas, e entrou no airlock tão rápido que bateu com tudo no vidro, mas devido a falta de gravidade ele não caiu.

A comandante apertou o botão para se comunicar com o estranho e disse: — Identifique-se! — Ela conhecia o protocolo e recolher astronautas aleatórios no espaço não fazia parte dele. O astronauta não respondeu, mas gesticulou com as mãos apontando-as para o pescoço — Ele está sem ar. Cell, libere a atmosfera.

A câmara do airlock se encheu de oxigênio e a gravidade voltou aos poucos. O astronauta aterrissou com graça em seus pés e removeu seu capacete. Ofegante, ele apoiou a mão no vidro, tentando recuperar-se. Ele olhou para frente, para a nossa comandante e seus olhos púrpuras se encolheram em um sorriso cansado.

— Meu nome é Apollo — ele disse ofegante — Capitão Apollo Augustus da casa Augustus, porta bandeira de Messina e três vezes vitorioso.

A comandante não reagiu.

— Silêncio Sideral, você ouviu o que ele disse? — perguntou Cell à supervisora — Messina…

Ela não respondeu.

Silêncio Sideral não conseguia responder, pois na mente dela se passavam muitas coisas. Nada relacionado a protocolos, resgates ou emergências e sim ao fato de que esse rosto lhe era familiar. Não só o rosto: a voz aveludada, a pele branca como mármore, os cabelos cacheados e negros, não… ele costuma usá-lo mais curto que isso. Mas como ela sabia?

— Você me conhece? — perguntou ela ao astronauta. Ele olhou para Cell e para os demais que ali se aglomeravam para vê-lo. Confuso, ele disse: — Deveria?

— Você tem certeza que não me conhece? — insistiu.

— Vocês são de onde? Ariostes? — ele olhou em volta, sem reconhecer as pessoas ou a tecnologia — Sophia? — ele perguntou olhando para Cell.

Silêncio Sideral suspirou, decepcionada. — Acione a bioengenharia e prepare a descontaminação.

Jatos de ar sopraram no astronauta, Cell assumiu o botão do comunicador e disse: — Apollo, à sua esquerda, embaixo dessa seta azul, abra a caixa, remova seu traje espacial e vista o traje descartável por cima de suas roupas. Vamos levá-lo para a descontaminação, para liberarmos seu contato com o restante da tripulação.

— Muito obrigado. — ele diz, removendo seu traje dourado, revelando uma regata e calças brancas seguras por suspensórios pretos. — Antes de mais nada gostaria de expressar minha gratidão. Eu apostei tudo o que tinha nessa investida e sei que vocês não tinham obrigação nenhuma de me resgatar. Nem sei se são, de fato, aliados de Messina.

No caminho para a descontaminação, Apollo foi colocado em um carro separado, programado para seguir o que Cell dirigia.

— Ele é de Messina. — disse Cell — Somos proibidos de fazer contato com Messina. E agora?

— Não fizemos contato com Messina, ele quem veio até nós — retrucou Silêncio Sideral.

— E se ele se comunicar com o povo dele? Você viu ele falar que ele tem um cargo alto? Ele é vitorioso...três vezes! Vitorioso no que, Si?

— Eu não sei! — Silêncio Sideral perde a paciência — Eu sei o mesmo que você.

Na verdade ela sabia bem mais, só não sabia explicar como.

Eles chegaram em um banheiro imenso cuja porta tinha uma placa onde lia-se *Unidade de Tratamento e Descontaminação*. Silêncio Sideral enviava comandos via datapad para todos ao redor sem nunca expressá-los em voz alta. Ela sinalizou para Apollo onde ele deveria ir; ele começou a se despir e entrou na ducha. Dois jovens vieram com grandes esfregões ensopados de sabão.

— Não precisa disso, ele não é um prisioneiro. Ele entende o processo.

Os dois rapazes recuaram, e logo foi entregue a Apollo seu próprio sabão e bucha.

— Cell está imprimindo roupas novas pra você.

— E Cell sabe meu tamanho?

— Você já foi escaneado, sabemos tudo sobre você. — Ela refletiu o conteúdo de seu datapad na parede mais próxima e entre o vapor e a imagem, Apollo viu que ela, realmente, já tinha até seu DNA mapeado. — Você não compartilha do mesmo DNA que nós, você é outra espécie inteiramente.

— De onde vocês são? — ele perguntou novamente.

— Isso quer dizer que você não é de Messina, como disse. — ela continua — Afinal, temos o DNA de Messina na database e o seu é inédito.

— Eu nasci em Messina, mas não sou Messiano.

— Sua temperatura está fora do normal, a densidade de seus ossos também. — ela continuou — Curioso. — Apollo suspirou cansado, e saiu debaixo do chuveiro que se desligou automaticamente. Silêncio Sideral apontou para o banco mais próximo onde havia uma toalha.

— É meio injusto você saber tanto e eu não saber nada. — ele sorriu, secando os cabelos.

— Eu não sei de tudo. Eu não sei como você foi parar com um traje basicamente inoperante avulso no meio do espaço.

— Eu não estou avulso, minha nave está no asteroide... sofri um tipo de pulso eletro magnético que matou todos os controles.

— Quanto tempo atrás?

— Há bastante tempo. Estimo um ano, no mínimo. — Cell voltou e entregou a Apollo suas roupas novas recém impressas. Uma camiseta branca e um macacão azul. Apollo levantou as sobrancelhas ao ver que de fato lhe serviam perfeitamente. Os cachos negros de Apollo cresciam para todos os lados, molhados, pingando em seu macacão. Ele abaixou a cabeça e balançou com força, espirrando água para todos os lados. Silêncio Sideral protegeu o rosto com o datapad, Cell não teve a mesma sorte. Apollo sorriu. Não tinha como ficar com raiva dele. Nesse momento ele sabia que ele era o homem mais sortudo da galáxia.

— Você ficou um ano em isolamento absoluto, no entanto está bem saudável, hidratado e forte.

— Oras, obrigado. — disse ele.

— Não estava lhe elogiando.

— Era uma missão longa, eu só ia poder voltar para Messina quando o planeta voltasse ao alcance da minha nave.

— E isso foi quando?

— Há um tempo, por isso sei que estou lá há aproximadamente um ano, Messina veio e se foi e eu não pude voltar, o dano em minha nave foi irreparável. Eu já estou sendo interrogado?

— Ainda não.

— E daqui quanto tempo serei levado até o capitão?

Silêncio Sideral não reagiu, ela olhava para o astronauta, confusa, como alguém que busca em sua memória o nome para um rosto familiar mesmo sabendo que não vai encontrá-lo.

— Depende. — disse Cell — O processo de descontaminação pode demorar ou não, e com base nele o processo de assimilação com nossa tripulação vai se construindo.

— No máximo duas horas. — diz Silêncio Sideral, enquanto continuavam andando pelos corredores. — Vamos de trem até a ala norte da nave. — Apollo riu.

— O que é engraçado?

— Ala norte? No espaço? — ele debochou.

— Eles precisavam colocar um nome. A ponte de comando é considerada nosso centro, embora não o seja, e os nomes partem dali. Assim que acabarmos te levarei até a capitã. — disse Silêncio Sideral

Os dois saíram da unidade de tratamento e descontaminação para encontrar mais uma *entourage* do lado de fora.

— Ele que é o alien? — perguntou uma cara nova aproximando sua mão do rosto de Apollo.

— Não toque nele, Giovanna. — e a garota recuou — Ele fala nossa língua, e como pode ver, não é um animal.

— Ok, ok...eu não fiz por mal.

— Você nunca faz por mal, mas sempre passa da linha. — disse Cell — A Giovanna é nossa tradutora.

— Você não é necessária aqui, apesar de que chegaria atrasada mesmo se fosse. — disse Silêncio Sideral.

— Eu vim por curiosidade e eu quero acompanhar vocês até a ponte. — ela diz em tom desafiador, mas devido a sua estatura, tom de voz infantil e doce, nada do que ela dizia parecia causar grande impacto.

Silêncio Sideral e Apollo seguiram andando na frente, mas em passinhos apressados Giovanna os alcançou. — É a primeira vez que você embarca em uma nave da Via Láctea?

— Giovanna! — diz Cell a interceptando, Apollo para de andar no exato momento, ele fica parado entre Silêncio Sideral a entourage ao lado de Giovanna e Cell.

— Via Láctea? — diz ele.

— Sim. — respondeu Silêncio Sideral dando um olhar forte à pequena Giovanna.

— Vocês são da Terra?

— Ih... ele não sabia? — diz Giovanna.

— Acho melhor você voltar pra aula. — diz Cell e a garota vai embora da mesma forma que apareceu.

— Mas a Terra da Via Láctea é um mito. — ele diz convicto. Vocês desvaneceram no quasar da colisão com Andrômeda.

— Obviamente não, já que você está a bordo de uma nave terrestre cheia de terráqueos dentro. — diz Silêncio Sideral.

— Impossível, se vocês existem...como não sabemos? Como sabem tudo sobre nós, sobre meu planeta, sobre nosso sistema solar!

— Vocês não estão avançados o suficiente para incitar um primeiro contato.

— Somos atrasados demais para vocês? — ele diz, com um sorriso debochado.

— Sua civilização ainda carrega consigo crenças arcaicas e aspectos passionais. Tecnologia do nosso nível em mãos de pessoas assim na grande maioria das vezes provoca um apocalipse antropogênico. — Apollo fica em silêncio.

— Por isso a dúvida sobre meu DNA... — ele diz em seguida — Vocês não têm ideia, não é? Do que eu sou. Não sabem tanto quanto tentam transparecer. Nunca visitaram Orácula, de fato. Não conhecem minha raça.

— Raça? — diz Cell — Você foi criado em laboratório, por acaso?

— Claro que não. — ele diz sorrindo. — Me leve até seu capitão. Vamos acabar logo com isso.

Quando eles saíram da área de descontaminação e dos pequenos corredores próximos à doca, onde foi efetuado o resgate, Apollo foi pego de surpresa com o tamanho massivo da nave. Era algo que ele jamais havia visto. Do lado de fora a nave parecia grande, mas aqui dentro dela era difícil conseguir calcular. Eles caminhavam por uma ponte vasta, como uma estrada que atravessava algo que Apollo só conseguia identificar como um labirinto. Mirou diversas pontes como aquela para cima e para baixo, até onde o olho alcançava. Imaginou alguém caindo por essa altura... Viu também um trem rodando em um dos andares abaixo e foi pego pelo barulho de um drone carregando algo para os andares acima. Andava mais devagar que os demais, que tratavam aquilo como se fosse a coisa mais normal do mundo. Para eles era. Apollo se debruçou na beirada da ponte. Era incrível. — Alguém já caiu daqui?

— Quando algo acima de 7 quilos cai de uma das pontes nossos sistemas detectam e desativam a gravidade artificial.

— E quando é algo com menos de 7 quilos?

— Os drones pegam. — Silêncio Sideral apontou a um dos drones que carregava uma caixa para o outro lado da nave.

— O que vocês fazem aqui? — ele perguntou, tentando deduzir sem sucesso. A nave era agressiva e segura demais para ser designada a entretenimento, mas informal demais para ser designada a guerra.

— Acho melhor guardar suas perguntas por enquanto.

Apollo foi guiado até a ponte de comando e ao entrar notou que a cadeira do capitão, ao centro da grande sala circular, se encontrava vazia. À frente uma enorme tela, límpida, simulava uma janela onde os técnicos e engenheiros do controle podiam ter a ilusão de estar observando o espaço a olho nu, mas Apollo bem sabia que a ponte de comando certamente era próxima ao centro da nave, no local mais protegido possível — afinal aqui reside o cérebro e situa a comandante da embarcação. Momentos depois, vinda de uma sala que Apollo falhou em notar, sai uma mulher grande, de pele oliva, cabelos crespos e negros que emolduravam um rosto austero. Quando ela passou para a ponte de comando suas enormes orelhas de coelho esbarraram na porta

— Esse que é o Deus Grego? Senhor Apollo. — ela disse casualmente, como se ela não fosse a pessoa mais impressionante ali. — Eu sou a Capitã Kashmir, de Andrômeda. Parece que o universo deu um grande sorriso para nós. — continua a Capitã — Você é resgatado, e nós descobrimos a tempo que o seu asteroide emite uma vibração eletromagnética distinta capaz de causar falha total em equipamentos.

— Para mim, nem tanto. Só estou feliz por ter sido resgatado.

— Notamos que a sua nave não é tão grande e ela foi *estacionada* de uma forma peculiar.

— A falha ocorreu antes de chegar, por isso consegui manobrar os controles a tempo.

— Você não sabia se ia ser resgatado ou não. Não pensou em racionar?

— Eu sabia que não seria resgatado por causa da natureza do asteroide. Não pretendia durar muito mais que as comidas e eu basicamente comi, li e me exercitei durante esse tempo.

— O que os motivou a ir para aquele local?

— Pegar amostras, entender o elemento… Se fosse útil iríamos usar. Se não fosse, iríamos explodir.

— Vocês iam explorar a pedra ou explodi-la. — disse Kashmir — Então, em algum lugar daquela sua pequena nave há uma bomba capaz de destruir um asteroide do tamanho de uma lua.

— Sim, mas com os danos que sofri a bomba também não passa de sucata.

— Entendo agora porque tinha um militar de Messina acompanhando a missão. Porém, algo tão importante assim… por que não levar um cientista?

— Não foi necessário.

— Você acha que consegue usar um traje e voltar para lá assim como fez para nos alcançar?

— Eu tive ajuda para chegar aqui — Apollo disse e olhou para Silêncio Sideral — com ajuda consigo voltar.

— Às cegas? — perguntou a capitã, sabendo que é raro uma pessoa conseguir se situar em espaço aberto sem uma guia de navegação.

— Sim. — ele ouviu exclamações entre as pessoas ali que até então pareciam totalmente focadas no trabalho.

— Vou reunir um pequeno time, você vai guiá-los até sua nave e iremos guinchá-la até nossa doca onde poderemos tentar restaurá-la. Isso é de seu interesse?

— Certamente. — disse Apollo — É muito mais do que poderia esperar.

— Ok, então. Cell você é responsável pelo Apollo de agora em diante — disse Kashmir — Você será tratado como nosso convidado, por hora.

— Mas porque Cell? Foi minha decisão de resgate. — exclama Silêncio Sideral.

— Cell tem semelhantes conhecimentos, tem experiência e treinamento espacial.

— Mas… — Silêncio Sideral precisava entender melhor a situação, desvendar esse sentimento de deja vu que ela sentia ao redor do estranho astronauta — Você acha que existe ordem de prioridade no meu time?

— Chega disso, Silêncio Sideral. — diz Kashmir — Você já tem suas ordens.

— Me passe os dados, Silêncio Sideral. — diz Cell. Silêncio Sideral respira fundo, irritada, mas faz como instruído. Cell e Apollo saem da ponte de comando.

— Você está passando por cima de mim. — diz Silêncio Sideral a sua capitã. Kashmir puxa ela de lado; — Eu não confio nele.

— Mais um motivo para me manter próxima.

— Não vou te pôr em risco.

— Você não confia que posso fazer isso?

— Eu confio demais na sua capacidade de sempre ver o melhor nas pessoas.

***

— Eu nunca vi uma nave tão imensa. — diz Apollo enquanto Cell o guia até o bonde elétrico.

— As pessoas aqui são estudantes?

— Não. A maioria é expert em algo, mas sempre aprendemos uns com os outros e compartilhamos nosso conhecimento e treinamento. Essa é basicamente nossa moeda de troca — Cell termina de configurar o datapad que ela tem em mãos e o entrega a Apollo — Aqui está. Este é seu datapad para visitantes: vai encontrar informações básicas, entretenimento e o mapa dos lugares que você tem acesso. Já te registramos, então basta aproximar a mão das portas que elas se abrem ao te reconhecer.

— Obrigado — diz Apollo — Sério, obrigado mesmo a você e aquela moça de antes.

— Eu não fiz nada, a decisão não foi minha — Cell olha para a linha no chão que determina o limite de segurança para a espera do bonde — Você e Silêncio Sideral têm mais em comum do que pensa. — diz Cell enquanto o bonde se aproxima.

— Temos?

— Aí está ela. — diz e Silêncio Sideral entra no bonde junto com eles. — Estava comentando com Apollo que vocês têm muito em comum.

— Não exagera. — diz Silêncio Sideral

— Oras, como assim? Vocês dois passaram um bom tempo em isolamento no espaço. — diz Cell

— Eu passei 5 anos perdida, sozinha, fiquei sem comida e fui encontrada apenas uma carcaça de gente, certa de que estava morta. Ele não passou nem um ano direito comendo à vontade e se exercitando. Não é a mesma coisa.

— O um ano dele foi infinito até acabar, assim como foram seus cinco. Um ano que foi eterno a cada dia que se passou — diz Cell.

— É, mas no meu caso foram cinco, até onde sabemos. — ela diz menos enérgica, olhando para o chão.

— Eu não consigo acreditar que passou por isso por tanto tempo assim. — diz Apollo.

— Eu quero deixar claro que não é minha intenção a de minimizar o que você passou. — ela diz a ele — Se minha experiência serve para algo, é justamente para entender a agonia que você passou.

— Um ano já foi mais do que consigo aguentar, algo assim muda a pessoa para sempre.

— Eu teria enlouquecido. — diz Cell.

— Eu enlouqueci, talvez eu ainda esteja lá, e todos vocês só existam na minha mente. — diz Silêncio Sideral.

Com o espalhar dos boatos do resgate de um homem espacial, Apollo se tornou uma celebridade local. Onde quer que fosse era cercado de pessoas que faziam todo tipo de perguntas: sobre como foi passar aquele tempo em isolamento, como é Messina, sobre os costumes, cultura... Silêncio Sideral via isso acontecer e ela sabia que agora, cercado de pessoas, o veria cada vez menos. E no final isso sequer era problema dela e o melhor que ela podia fazer era tentar esquecer e cuidar de seus próprios assuntos.

Algum tempo depois, ela recebe um comunicado de que deve esperar na doca os astronautas retornarem com a nave de Apollo. Os astronautas, seis no total incluindo Apollo, foram recebidos pelos engenheiros e mecânicos. Dessa vez, quando Apollo removeu seu capacete, o homem que estava por baixo sorriu ao reconhecê-la, e ela não conseguiu evitar e sorriu de volta.

Dias se passaram. Pandora, a nave de Apollo, foi descontaminada e os engenheiros tentavam desvendar o que havia de fato ocorrido com ela.

— Os data pads que eles levaram não foram afetados durante a missão — diz Floriano, o engenheiro chefe, a Silêncio Sideral — Se for seguir a lógica do que Apollo relatou, eles deveriam ter sido fritos assim que se aproximassem do asteroide. A nave, no entanto, está morta, nada do que tentamos fazer pode a ressuscitar.

Apollo visitou a doca nos primeiros dias e perguntou aos engenheiros sobre a nave, pois conseguiu permissão para recuperar alguns de seus objetos pessoais; — O nome dela é Pandora — ele disse ao engenheiro.

— Você estava certo, vimos que ela usa biometria, mas mesmo reescrevendo o sistema todo não conseguimos nem ligá-la.

— É, eu passei muito tempo tentando.

— Aproveite e pegue tudo que precisa. Não acho que ela fica aqui por muito tempo.

— Como assim? Não vão tentar nem abrir o painel exterior, tentar ligá-la com fontes de energia alternativas?

— Não temos permissão pra isso.

— Então como voltarei a Messina?

— Sugiro discutir isso com a comandante, meu querido.

Apollo saiu dali sem dizer mais nada e, com o passar dos dias, ele foi se cansando de toda atenção que recebia e trocou o dia pela noite, vagando pela enorme nave sozinho, buscando o que fazer, mas um fazer em sossego, fora do cubículo que foi fornecido a ele como aposento. Àquela hora a maioria dos tripulantes dormia, quando ele sabia que não correria risco de trombar com ninguém que tivesse perguntas idiotas para ele a respeito de seu reino e seus costumes. Eles sempre pareciam particularmente desdenhosos quando perguntavam sobre mágica, como se Messianos fossem inferiores por *"acreditar"* em mágica, sem de fato nunca terem ido lá ou experienciado magia por si próprios. Ele chegou na área de treino físico e iniciou seus exercícios quando ouviu uma voz delicada. A princípio ele ficou confuso e pensou que talvez fosse o datapad dele vazando algum som, mas ele não o havia trazido. Depois parou para ouvir melhor e resolveu seguir o som, o qual era familiar e vinha como o eco noturno. Ele andou até os fundos da academia, passou pelos tatames e entrou em uma outra área. No fundo, banhada pela luz míngua do espaço no beiral da janela ampla da sala, observando o espaço, abraçando os joelhos e falando num pequeno comunicador estava alguém. Apollo se aproximou no escuro. Ele não a reconheceu até que ela o viu no reflexo do vidro. Espantada, Silêncio Sideral escondeu o comunicador e se virou para ele.

— Com quem fala? — ele perguntou.

— Com o Silêncio. Às vezes ele me ouve, tem vez que até responde. — ela sorriu.

— Você sempre faz isso?

— Hum... Eu não sei dizer, eu fiz muito durante meu tempo sozinha, a princípio pedindo ajuda, depois para tentar manter minha sanidade.

— Então foi isso que você fez durante o isolamento?

— Não te contaram ainda a minha história? Todo mundo ouviu minhas transmissões de rádio, houve uma busca intergalática para descobrir quem era a dona dessa voz, dessas histórias.

— Você é uma espécie de messias então?

— Mais como uma celebridade de um truque só. O tempo deve me apagar das memórias de todos em breve.

— Por isso me perguntou se eu a conhecia. Você sabe então quem você é, o que você significa para todos, certo?

— Não foi esse o motivo da pergunta. Eu tive a impressão que já lhe vi antes, quando você removeu seu capacete, mas estava enganada.

— Se já foi resgatada, porque ainda faz isso?

— Pelo mesmo motivo que me fez começar — Silêncio Sideral sorri com o canto da boca. — E você? Agora que já me interrogou, qual o seu motivo para vagar no silêncio da noite?

— Eu... — Apollo disse olhando para o espaço — Odeio companhia. — Silêncio Sideral riu — Não me leve a mal, o pessoal daqui é super gentil e amigável é que...

— Você sente falta do isolamento?

— Por mais estranho que pareça, sim.

— Eu acho que nunca fui muito social, e depois desse tempo, a proximidade das pessoas é um pouco...

— Sufocante, abafado, invasivo...

— Você me entende. Você era assim, introspectiva, antes de tudo?

— Não tem como eu saber. — Ela diz — Eu lembro de muita coisa, mas não tenho memória de nada.

— Como assim? Ele indaga.

— Eu sei de muita coisa que eu não sei explicar como aprendi: idiomas, curiosidades inúteis, histórias de livros que não me lembro de ter lido. Porém, não tenho nenhuma memória ou lembrança autobiográfica.

— Como isso é possível? — Ele diz.

— Meu caso foi arquivado como loucura espacial... é bem comum, acharam impressionante eu ter aguentado 5 anos. Fui encontrada graças às comunicações que enviei.

— Durante meu isolamento espacial, minhas memórias de dias melhores eram a única coisa que eu tinha pra me segurar à sanidade que me restava.

— Que memórias? Conte-me uma delas, por favor. — Silêncio Sideral sorri e se senta de pernas cruzadas virada para Apollo que divide o beiral da enorme janela com ela.

— As pessoas aqui falam como se Messina fosse um lugar hostil, mas é muito pelo contrário. Messina é linda. As pessoas são gentis e civilizadas. Especialmente se você ficar na cidadela, Messina é um reino feito para receber pessoas. Então todos lá gostam de forasteiros e viajantes. Existe uma certa desconfiança com pessoas que vêm de reinos não ateus, mas por serem pessoas de fora eles não estão sujeitos às mesmas leis, então sempre são bem recebidos e atraem a curiosidade dos locais. Messina é a sede atéia dos jogos de Altrum Dei, conhecidos hoje como Jogos de Messina. Então, na Costa de Esmeraldas há uma imensidão de alojamentos confortáveis para os guerreiros e atletas, perto da praia. A comida é muito boa e o sol se põe bem ali. Se você senta perto das piscinas que ficam logo em frente a praia você pode assistir o sol se pôr enquanto os aeróstatos do dia deixam seus passageiros. É possível ver as famílias recebendo seus entes queridos de volta em casa, pessoas que vem para Messina pela primeira vez param por um tempo para absorver a vista. Eu tenho certa inveja, fui criado lá e nunca pude ter essa experiência de poder ver a cidade pela primeira vez... assim, todo dia depois do treino no pavilhão eu comia maçãs verdes sozinho e assistia as pessoas chegarem em Messina.

Silêncio Sideral o ouve de olhos fechados, pendurando-se em cada palavra.

— No isolamento... — ele completou — As vezes eu sonhava que estava lá. Era tão vívido! Eu sentia o sol morno no meu rosto, aí eu acordava e era como se tivesse um vácuo dentro de mim — ele balança a cabeça, tentando espantar essa lembrança.

— Você sofre de saudade. — Silêncio Sideral diz e pausa — Eu também...

— Saudade daquilo que não recorda que perdeu?

Ela sorri.

— Às vezes eu acho que tenho memórias que não são minhas.

— Que tipo de memórias?

— Eu lembro de uma praia, água límpida e verde, enormes pedras arredondadas que foram colocadas ali para emoldurar a paisagem. Eu estou sentada em uma dessas pedras, observando o horizonte, sentindo o gosto doce de maçãs verdes frescas na minha boca e o vento acariciando meu rosto. Eu lembro de já ter ido em outras praias e ter feito o mesmo... o vento nessas é mais úmido e salgado, diferente dessa praia da minha memória, que tem o vento mais fresco que já senti.

Apollo ri

— Boa jogada, parece que tirou essas memórias da minha cabeça. Poder conjurar isso apenas com o que eu disse é impressionante — ele parou, tentando lembrar de ter mencionado sobre outras viagens, ou o detalhe do frescor dos ventos. Ele deve ter dito algo em alguma conversa de corredor, certamente.

Silêncio Sideral ri com o canto da boca — Eu sinto pelas memórias que não são minhas, as já perdidas.

— É um mal sem cura. Não bastaria apenas voltar àquele lugar fisicamente. E eu poderia. A praia, obviamente, é a mesma. Quem mudou fui eu.

— Eu sinto saudade... No meu caso, um tipo de limerência talvez. — Apollo a olha, confuso — Eu não sei do que, óbvio, mas eu sinto tanta saudade, tanta...e eu não sei explicar, e não sei do que é, mas é tão forte e me devora de tal forma que as vezes acordo no meio da madrugada, como vinda de um sonho.

— Um pesadelo?

— Não, um sonho muito bom do qual eu me esqueço assim que abro os olhos. E é nesse momento que a saudade dói mais. E essa melancolia é tão absoluta que eu tenho a sensação de que se eu cortasse meu peito com uma faca eu conseguiria pôr a mão e tocá-la.

— E das coisas que conhece, do que sente falta?

— Do vento... — ela diz — Não uma brisa qualquer, mas sim o vento batendo com força na minha pele, nas minhas roupas, assobiando pelo caminho, assobiando enquanto entra nas casas pelas frestas das janelas. Eu voltei faz dois anos e ainda não senti isso, acredita?

— Como você foi encontrada?

— Um viajante interceptou minha mensagem. Depois outro e depois mais outro. E assim foi se espalhando: pessoas ficaram curiosas pra saber quem estava gravando aquilo. Muita gente se voluntariou e assim eu fui encontrada. Quando me explicaram eu fiquei chocada, não esperava ser achada, muito menos dessa forma.

— Você tocou as pessoas com sua voz.

Silêncio Sideral respira fundo e se levanta. — Tenho que ir, trabalho pesado me espera no final do túnel.

***

Após seu treino, Apollo voltou à doca para verificar o progresso sendo feito em sua nave. Já não era mais permitido que ele entrasse em Pandora. Na verdade, ele pôde entrar somente uma vez para recolher seus pertences, antes de ela ser interditada para limpeza e análise. Agora, sua nave estava envolta em cabos e suspensa, preparada para a movimentação. Ele avistou um rosto familiar, um homem de meia idade com seu macacão vermelho de engenharia.

— O que está acontecendo? — perguntou a Floriano — Para onde estão levando ela?

— Oras rapaz, para o depósito.

— Vocês não vão mesmo recuperá-la?

— Ordens da ponte, não posso fazer nada.

— Achei que tinha mais tempo!

— Olha jovem — diz o engenheiro — Eu queria, eu queria muito dissecar essa tecnologia Messiana. Mas o comando veio da ponte, não posso passar por cima disso, nem mesmo por curiosidade científica. — Apollo ficou sem reação. Ao perceber isso, o engenheiro continuou — Talvez... conversar com a Sisi.

— Quem é Sisi? — perguntou Apollo.

— Silêncio Sideral. Sisi é o ID dela na nave.

— Porque ela?

— Olha rapaz... Eu não sei dizer quem manda no que às vezes. Mas a ordem veio da Capitã e eu posso fazer corpo mole por um tempo se você quiser tentar falar com a Silêncio Sideral. Mas eu vou ser totalmente sem filtro aqui; — então ele se aproximou de Apollo e falou mais baixo — Se quer que algo seja feito aqui, de verdade, é com a Silêncio Sideral que você tem que falar. Ela tem um jeito de convencer as pessoas, de apertar os botões certos. A capitã confia nela. Capaz de convencer até mesmo você a desistir da nave.

Apollo entendeu o recado e imediatamente tentou encontrar Silêncio Sideral. Ele sabia que ela estaria na Ala Leste, no entanto no espaço, e nesse mapa estranho da nave, ele não saberia dizer onde poderia ser a tal da Ala Leste. Após alguns minutos de reflexão, entrou no trem onde havia nomes de estações, porém nenhum desses nomes sequer lembrava como os tripulantes se referiam aos lugares de fato. Ele chegou, por fim, a uma área da nave que estava cada vez menos movimentada. "Devo estar próximo da Ala leste" pensou. Seguindo o guia de seu datapad ele logo encontrou Silêncio Sideral parada em frente a uma sala lacrada.

— O que aconteceu? — perguntou Apollo — Porque está sozinha?

— O que faz aqui? Eu interditei a Ala Leste.

— Eu estava te procurando... — Silêncio Sideral toma o datapad da mão de Apollo e o analisa.

— Ótimo, Cell não incluiu avisos de tripulação no seu datapad — ela o devolveu a ele — você não devia estar aqui. Pode ser perigoso.

— Mas você está.

— Esse é meu trabalho: evitar problemas. Ou morrer por causa deles.

Apollo se sentou no espaço adjacente ao corredor, em frente à porta lacrada. — Escuta, eu fui até a doca e minha nave está sendo movida para o depósito.

— Movida? — perguntou ela.

— Fiquei sob a impressão de que ela seria recuperada ou o impacto do EMP investigado, mas nem isso seus engenheiros verificaram. Eu questionei. Os data pads não foram afetados na missão, mas minha nave foi. Não acha estranho?

— Se é isso mesmo o que você disse, não tem como recuperar. O que você espera que eu faça?

— Você não supervisiona as docas?

— Eles são do meu time, sim.

— Eles receberam ordens de alguém, veio direto da ponte.

— Da ponte?

Kashmir desce do trem e vem andando em direção a eles. Antes de alcançá-los, no fim do corredor, ela vem falando num tom natural, mas perfeitamente audível de onde estão.

— Capitão Apollo, você não é permitido na Ala Leste.

— Kashmir, porque enviou comando direto para as docas?

— O que isso tem haver com vocês dois escondidinhos aqui? — Silêncio Sideral ficou corada imediatamente.

— Estou apenas trabalhando.

— Em um local interditado, nas suas condições…

— Você fica cinco anos sem comer direito e me fala dos seus ossos, seu sangue...se você continua a mesma depois disso. Não faz nem dois anos que estou de volta. O que espera?

Apollo tentou argumentar, mas Silêncio Sideral o interrompeu e Kashmir por sua vez interrompeu Silêncio Sideral.

— Eu nem sei porque vocês estão aqui. E porque você interditou a Ala leste?

Silêncio Sideral começou a mexer em seu datapad nervosamente e disse em um tom mais calmo.

— Você falou 'na sua condição'.

— Sem macacão de segurança, Si! — diz Kashmir — Vai me explicar porque recebemos um alerta na ponte que você isolou a área?

Isso só é feito com risco de morte, mas nada apitou no comando nem ninguém da TI captou nada. O que houve?

— Vai lá e vê. — diz Silêncio Sideral.

Kashmir e Apollo se aproximam da porta lacrada e observam pelo vidro. Parece que o lugar implodiu: estava sem atmosfera e mal se podia enxergar. Estava tudo turvo.

— O esgoto vazou quando ficamos sem atmosfera.

— Isso tudo… é esgoto? — diz Kashmir em choque — Isso é muito sério.

— Porque acha que eu isolei?

— Como vai resolver isso?

— Eu estava aqui pensando.

— Ok. — diz Kashmir sem paciência — Ponte, agora!

Apollo e Silêncio Sideral seguem Kashmir até a ponte. Chegando lá, Kashmir explica a situação. — Silêncio Sideral conseguiu alagar parte da Ala leste toda com esgoto.

— Você fala como se eu fosse uma terrorista biológica. Merda acontece, não sabia?

— Se a responsabilidade é sua, então a culpa é sua também. — Kashmir concluiu e voltou à sua estação.

— Eu quero explodir um buraco na Ala leste e recuperar depois.

— Como assim? — pergunta a Capitã.

— Eu saio por fora do airlock próximo ao centro de treinamento físico, vou até a parede da Ala leste, explodo um buraco lá, o esgoto vai pro espaço, ao mesmo tempo que recuperamos atmosfera lá com o agente descontaminador. Zero trabalho, quase zero risco.

— Não! — exclama Kashmir

— Sim. — diz Silêncio Sideral

— Não, nunca vou aprovar uma missão como essa. Explodir um buraco na nossa própria nave, você enlouqueceu? Isso é contra todos os protocolos conhecidos.

— O seu trabalho é garantir o cumprimento das regras, o meu é resolver problemas. Mas... para eu fazer meu trabalho preciso contornar algumas regras.

— Você quer literalmente explodir a Ala leste. Fora isso, quem é o suicida que vai se voluntariar pra missão?

— Eu vou, óbvio. Os engenheiros estão do meu lado. Eles sabem o que tem que ser feito e vão bombear oxigênio também. Desinfeta com o próprio agente, explode o buraco, limpa, fecha a ferida com um curativo e pronto.

— Curativo? — repete Kashmir incrédula.

— É um plano arriscado. — disse Silêncio Sideral. — Vamos Kashmir, aprova logo. A gente tá inativo por causa do asteroide de qualquer forma. Um dia só e eu termino isso. E a festa de inauguração continua na agenda sem alteração. — Apollo notou que as pessoas na sala de comando pareciam mais interessadas. — Se adiar a festa, todo mundo vai saber que a ordem veio da ponte.

— Eu assino se você não for.

— Ok, ok! — diz Silêncio Sideral

— Eu assino e vou pôr você como Ponto de Contato — diz Kashmir

— Não posso ser "Ponto de Contato" da missão.

— Não posso pôr outra pessoa! O ponto de contato é quem fica na nave, e eu te conheço o suficiente pra saber que você fará o que quiser se eu não garantir que você fique aqui dentro.

— Porque você mesma não fica como ponto de contato? — pergunta Silêncio Sideral.

— A missão é sua, criatura. Se eu me ponho como Ponto de Contato e você morre, perco meu ranque. Você está aqui pondo a mão no fogo pela missão, qual o problema de mandar outra pessoa?

— Eu, eu... — Silêncio Sideral tenta argumentar — Eu sei exatamente o que vai ser feito, por isso eu preciso estar lá.

— Você achava mesmo que eu iria aprovar outra missão suicida pra você se arriscar? — diz Kashmir.

— Eu vou explodir a Ala leste, mas eu não quero arriscar nenhum dos meninos.

— Eu concordo com a Kashmir, Silêncio Sideral. Você não é operacional, você gerencia a missão e não vai conseguir coordenar se está na linha de frente. — diz Cell — Além disso você é valiosa demais pra gente te perder.

— Você se voluntaria então Cell?

— Nunca! Eu amo demais minha vida pra isso.

— Eu posso fazer. — diz Apollo. Todos param e olham para ele, até as meninas de TI que sempre parecem totalmente focadas nas tarefas da sala de controle.

— Você? — diz Silêncio Sideral

— Sim, eu provei que tenho boa coordenação de controles na missão de resgate da Pandora. Fora isso, estou morrendo de tédio — Silêncio Sideral se aproxima dele e diz quase em um sussurro; — Quando você estourar o buraco, você vai ser lançado. Há uma grande chance de perder o cabo guia. É até possível que você se perca e demore até quatro horas pra te encontrar. Isso não seria um problema se o traje que vamos utilizar tivesse mais que duas horas e meia de oxigênio.

— Eu aceito o risco. — ele diz no mesmo tom.

Kashmir se aproxima dos dois: — E aí? Vai ou não?

— Eu vou.

— Ele vai, vou levar ele até a doca para brifar.

No caminho até a doca Silêncio Sideral abre a lista de missões em seu datapad e adiciona Apollo no grupo enquanto mostra pra ele no visor: — Você não é mais visitante agora. — ela diz apontando que ele ganhou um ícone diferente ao lado de seu nome: parece um brasão, porém formado por cinco partes geométricas. Ao mesmo tempo que ela mostrava isso para Apollo, abriu a janela de missões do deque — "Mover item 1066 para depósito" estava na lista. Ela deslizou para a esquerda, apagando a missão. Os dois trocaram olhares, sem dizer nada, e o dia se seguiu.

Quando chegaram na doca, Apollo notou que Pandora havia se movido para fora do caminho, mas permanecia na linha de visão com as outras naves menores. O engenheiro de antes estava comandando outros rapazes e algumas moças na preparação de diversos itens.

— Estamos praticamente prontos. — disse o engenheiro — montamos o ponto de resgate e estamos com um Crew Raptor pronto desde hoje de manhã. Precisamos apenas acertar um terno pro Apollo já que o seu você não vai usar.

— Você já tinha iniciado a missão antes mesmo de falar com a ponte? — perguntou Apollo chocado, mas positivamente impressionado.

— O trabalho desse povo é torcer o nariz quando eu faço essas coisas, mas sabem muito bem que vai ser feito e se a federação descobre e surge algum tipo de penalidade, a capitã não aprovou e assim por diante. Eu caio na espada sozinha, mas o final permanece. Tinha um problema e eu resolvi. Elas sabem que eu faço isso, esse é meu trabalho. O trabalho delas é fingir que desaprovam, ou olhar pro outro lado.

— Ia demorar semanas para resolver a ala leste do jeito certo e, mesmo assim, a chance de dar certo seria mínima. — disse uma engenheira se aproximando com um traje espacial vermelho. — E eu não estudei oito anos para limpar bosta — Ela sorriu para Silêncio Sideral.

Eles se locomoveram pelo trem e Apollo ficou impressionado novamente com o movimento do time da doca. Na verdade, não só eles, mas todos os experts que trabalhavam com Silêncio Sideral. Eles não a chamavam de Silêncio Sideral, pra começo de conversa. Em sua grande maioria a chamavam de Sisi, seu código no time — mais um apelido. E Apollo notou que era por respeito e proximidade, algo que ele só experienciou uma vez na vida no exército de Messina. Por onde eles passavam tinham pessoas ajudando, a par da missão: uma pessoa passando algo para outra, alguém ajustando algum equipamento, alguém recolhendo alguma informação e a organizando. Estavam alinhados com a estratégia, com o risco, e sabiam do que eram capazes. Apollo se vestiu e se preparou para sair da nave na ala sudeste, segundo aprendeu.

— Consegue ouvir? — Silêncio Sideral perguntou

— Sim — respondeu Apollo. O engenheiro então concluiu o checklist junto a Apollo. Estava tudo em ordem. Ele então perdeu a atmosfera gradativamente e o airlock se abriu. O traje que ele estava usando era diferente daqueles com os quais estava acostumado, mas era tão bom quanto. Ele não sabia dizer se era mais sensível ou não, era apenas diferente.

Apollo se moveu com o time o guiando muito precisamente. Era relativamente uma missão fácil, pois ele se sentia seguro de que tinha um time todo por trás dando-lhe suporte. A tal bomba, que Silêncio Sideral mencionou, era uma corda. Era preciso que ele posicionasse essa corda em forma de círculo no local que indicassem. Depois, o material do qual a corda era feita derreteria aquela parte da nave. Não se tratava, portanto, de uma explosão da nave. Silêncio Sideral, entretanto, afirmou que nunca fora usado em gravidade zero, então haveria a chance de imprevistos acontecerem, nunca se sabe, mas de qualquer forma o material só iniciaria sua reação cauterizante quando uma ponta da corda tocasse a outra. E foi exatamente isso que aconteceu.

Quando Apollo completou o círculo com as duas pontas da corda e começou a se afastar, aquele pedaço de matéria da nave começou a ceder. Subitamente, no entanto, o material explodiu. E sua explosão acabou lançando Apollo a metros de distância.

"O MR explodiu instantaneamente." — Silêncio Sideral ouviu na comunicação. — "Ele ainda está no cabo, mas não sei se tem atmosfera."

"O traje foi danificado?" — disse Cati, a moça de antes.

"Não sabemos, ele parece desorientado." — respondeu Nico.

"Ele está perdendo atmosfera rápido demais, ele foi danificado...onde você está indo?" — ela completou antes de sair da comunicação.

"O que foi?" — exigiu Nico.

"Prepara o resgate! A Sisi está saindo pelo airlock."

"Não tem cabo pronto pra ela, melhor pegar o raptor"

"Não dá tempo, ele está sem oxigênio e pode estar machucado. Fora que o oxigênio do traje... bom, é inflamável..."

"Eu sei disso Cati." responde Nico *"Vamos fazer isso, preparando Raptor no ponto de resgate em plano B. Setando deque com médicos."*

"Não põe no datapad que vamos chamar médico!" — Silêncio Sideral entra na comunicação — *"Chama a Francesca ou o Jaime, eles sabem o que está acontecendo. Sem tempo pra checklist! Abre pra eu sair!"*

Silêncio Sideral navegou no espaço, sem cabo de segurança, na mesma condição em que Apollo estivera na primeira vez que o vira. Ao passar pela curvatura de onde saíam, ela avistou o capitão flutuando, ainda preso pelo cabo de segurança, mas com uma chama saindo de seu traje. Ele se movia rápido demais, como uma boneca de pano na boca de um cachorro. Apollo estava sem controle nenhum de seus membros, mesmo propulsionado pela explosão, mas Silêncio Sideral percebeu que ele tinha presença de espírito para tentar, a todo custo, tapar o buraco que foi feito em seu traje, do qual o oxigênio escapava em chamas. Silêncio Sideral acelerou e mudou a frequência para tentar se comunicar com Apollo pela comunicação secundária, já que os controles da primária eram no datapad, que claramente estava imprestável.

"Apollo!" — ela gritou e pôde ouvir a respiração dele, forte, mas controlada. *"Eu estou bem"* ele disse. *"Parece que aquele negócio que você me deu superaqueceu em uma velocidade imprevista! Comeu parte do meu traje e o resto você sabe."*

"Você consegue se estabilizar sozinho?" — ela perguntou

"Meu controle foi totalmente destruído. Falando nisso, como consegue me contactar?"

"Ondas de rádio"

"Como na sua transmissão..." — ele diz.

"Sim. É o backup analógico de todas as nossas naves. Estou à sua esquerda. Consegue me ver?" — Apollo conseguiu cobrir o buraco em seu traje com a sua outra mão, mas ainda girava seguro apenas pelo cabo de segurança.

"Vejo."

"Eu vou precisar que você estique o cabo. Sei que está sem controle, mas-"

"Eu posso usar o buraco do meu traje para puxar." — concluiu Apollo *"Eu não sei quanto de oxigênio eu posso desperdiçar..."*

"Nós não vamos voltar como planejamos, confia em mim."

Apollo fez como o instruído. Silêncio Sideral continuou vindo em direção a ele na mesma velocidade, mesmo porque ela não tinha muito controle. Na medida em que o cabo foi se esticando, ela conseguiu manter o controle o suficiente para ser pega no cabo que atravessava-se. O impacto dela fez com que Apollo parasse de girar e fosse puxado em rota de colisão com a parede de Azincourt. Antes que ele pudesse se chocar, entretanto, quem se chocou com ele foi Silêncio Sideral. Agora, ambos estavam enrolados no cabo. Ela usou os controles limitados de seu traje para alavancá-los em direção ao ponto central da missão. O ponto de foco, como eles diziam no comando. Ela estava perto do buraco que Apollo fez, mas não o suficiente para alcançá-lo.

"O que você está fazendo Silêncio Sideral?" — disse Apollo demonstrando menos de sua frieza.

Silêncio Sideral corta o cabo. Apollo está quase sem oxigênio e se sente mais tonto. Ela passa junto com ele pelo buraco, mesmo que não soubesse se ambos passariam afinal. Mas passaram, e essa era sua maior preocupação. Ao entrar no antigo salão, mal conseguia ver por causa de toda sujeira, agora um pouco dissipada: uma visão grotesca. Ela viu a placa de metal e viu as mesas. Ela usou o que tinha de cabo ainda e amarrou Apollo no corrimão que tinha perto de uma tela apagada. Sisi pegou a mesma ferramenta que usou para cortar a corda. Desparafusou os pés da mesa como se fosse um brinquedo e colocou a placa de metal que restou da mesa no buraco.

"Recupera. Rápido."

As luzes se acenderam. Tão logo, tudo o que viera do esgoto, e que estava flutuando ali, caiu assim que a gravidade fora recuperada. Sujeira para todos os lados. A porta se abriu e um pequeno time entrou correndo em resgate de Apollo. Ele foi rapidamente levado. Desacordado.

***

Apollo despertou em uma sala semi-iluminada. Ele olhou ao seu redor e notou um leito perto de si.

— Hey! — disse alguém. Ele se virou e viu uma moça de pele oliva e cabelos ondulados, brilhosos. Ela usava um traje esmeralda. Era médica. — Você voltou bem mais rápido do que o previsto.

— Quanto tempo estou aqui? — ele perguntou.

— Duas horas. — ela disse se levantando da cadeira após examinar algo em seu datapad. — Meu nome é Francesca, sou a geneticista e médica de Azincourt.

— A missão deu certo? — ele perguntou e Francesca fez uma cara, olhando para o leito ao lado.

— Sim. A certo custo. Vocês podiam ter morrido. — Apollo olha novamente. Ele não notou sob a luz baixa, mas reconheceu os cabelos castanhos: era Silêncio Sideral. Ele imediatamente se levantou, sentiu um pouco de tontura e dor no peito, mas foi até ela.

— O que aconteceu? — ele perguntou pondo a mão nos cabelos de Silêncio Sideral que dormia virada de lado.

— Ela não ficou tão mal quanto você. Está dormindo. Mesmo depois de restaurarmos e tratarmos os hematomas ela, mesmo assim, quis ficar. Ela já deve ter sarado, mas estava exausta.

— Ela salvou minha vida. — ele disse sem acreditar e ao mesmo tempo revivendo tudo e percebendo o quão próximo ele ficou de perder tudo.

— Ela é rabugenta, mas sempre coloca os outros em primeiro lugar.

— Eu não entendo — admitiu Apollo.

— Eu também não. — Francesca foi até ele e entregou o datapad. Já avisei a capitã que você despertou. Sua composição genética é realmente interessante, por um momento até achei que você fosse sintético, mas não é. Incrível.

— Sintético?

— Vou deixar você aqui. Kashmir deve te convocar para um relatório da missão. Silêncio Sideral disse que você decide o que relatar. — Francesca então saiu da sala.

Apollo observou Silêncio Sideral. Ela dormia, as sobrancelhas dela estavam tensas, talvez um pesadelo. Ele então colocou o dedo entre elas e elas relaxaram. Ele riu baixinho e se dirigiu até o leito em que acordara e também deitou. Antes que percebesse, caiu no sono novamente.

Quando Silêncio Sideral acordou, estava sozinha e, em seu datapad, um aviso de Kashmir. Silêncio Sideral estava pronta para sair da enfermaria quando Kashmir entrou seguida por Apollo. Silêncio Sideral sorriu para ambos, eles sorriram de volta.

— Como você está? — Kashmir se aproximou, mas o olhar de Silêncio Sideral parou em Apollo.

— Aconteceu algo, Apollo? — ela perguntou. Apollo pareceu ser pego desprevenido pela pergunta.

— Claro que sim. — diz Kashmir — Ele quase morreu em uma missão sua. — Apollo sorriu, mas atrás daquele sorriso se poderia notar algo de um tom mais triste.

Pouco tempo após a Ala Leste ter sido restaurada, anúncios da festa eram espalhados por toda parte. Não que fosse necessário, já que esse era o assunto principal de todas as rodas de conversa. Diversas pessoas vinham perguntar a Apollo o que ele achava da festa, se ele iria comparecer. Ele até dizia que sim, mas essa era a última coisa que desejava. O que ele queria era conversar com Silêncio Sideral, mas ela mal aparecia. Apollo continuava a vagar por Azincourt durante as madrugadas, mas nunca mais voltou a encontrá-la. Ele imaginou que a única forma de encontrá-la seria naquela maldita festa. Ele chegava a passar horas no hangar observando Pandora, todos os dias pouco a pouco sendo afastada para o canto, pouco a pouco se tornando parte do cenário, do entulho, sendo normalizada em seu ambiente alienígena "Assim como eu" Apollo pensou e sorriu com o canto da boca.

— Não vou deixar que eles a escondam — uma voz meio rouca e melódica disse logo atrás dele. Era a voz inconfundível de Silêncio Sideral — Eu te fiz essa promessa, lembra?

— Mas eu não cumpri a missão. Você teve que me resgatar no final.

— Mas você foi e tentou seu melhor.

— Não acho que isso importe mais. Sua Capitã já me explicou o protocolo: ou eu aceito essa nave como minha nova casa ou serei forçadamente *assimilado*.

Silêncio Sideral não respondeu

— Ela me deu a opção de esquecer minha vida no processo de assimilação, para que eu não sofresse de saudade. — Completou Apollo. — Esquecer minha terra, meu povo, meu reino, tudo que vivi e recomeçar do zero com memórias assimiladas e fabricadas, como um terráqueo.

— Eu não queria que fosse assim. Kashmir é pragmática demais quando vai explicar as coisas. Não deveria ter recebido essa notícia assim. Eu sinto muito.

— Com você foi como? — Apollo perguntou.

— Eu nunca sofri assimilação. Quando me resgataram meu cérebro já não tinha mais nada. Eu fui escaneada pela máquina, mas nada foi encontrado: nem memórias nem resquícios de memórias.

— Por causa de uma lei, de uma galáxia que nem existe mais, eu nunca mais poderei pisar em Messina.

— Eu gostaria de poder te ajudar melhor, mas sem uma nave eu não consigo.

— Eu tenho uma nave.

— Está morta.

— Não está morta, está apenas sem energia.

— E como damos energia a ela?

— A fonte de energia dela é totalmente diferente do que vocês estão acostumados. Usamos cristais que ficam no painel do lado de fora, dentro da caixa de controle a estibordo da nave. Se conseguirmos colocar pelo menos um dos sete cristais em uma temperatura alta o suficiente, eles vão voltar a emanar energia. Seria o suficiente para eu voltar para casa.

— Nunca ouvi falar de algo assim.

— Mágica… — Apollo diz de forma sarcástica.

— Eu consigo recuperar um desses cristais, você sabe onde podemos por ele para aquecer?

— Isso você pode deixar comigo.

— Ok!

Mas antes que Silêncio Sideral pudesse deixá-lo ali no hangar, Apollo a chama: — Tem certeza? Isso não pode lhe prejudicar?

— Se eu me prejudicar, meu mal será menor do que o seu de nunca mais poder voltar para casa. Eu não tenho casa, não tenho nada, o que vão poder tirar de mim?

— Sempre tem algo que podem fazer para nos machucar… as pessoas sempre encontram um jeito. — Apolo olhou pro chão e se voltou para frente novamente, a observar Pandora.

— Eu vejo as pessoas daqui todos os dias lamentando o lar que perderam. O seu lar está logo ali — Ela aponta o espaço na clarabóia do hangar — É muita crueldade para alguém que sabe o que significa nunca mais poder voltar para casa, impedir que outro faça isso, ainda mais sendo algo tão fácil.

Apollo sorriu — Suas palavras já fizeram mais por mim do que muita gente de minha própria casa.

— Encontre-me hoje a noite no mesmo lugar da última vez. Eu terei seus cristais.

Naquela noite, Apollo voltou aos tatames próximos a área de treino. Estava sozinho. Apollo se sentou no escuro e esperou. Logo, Silêncio Sideral entrou notou sua silhueta em frente a janela.

— Aqui está. — ela lhe estende um pacote envolto em um lenço de linho. Embrulhado nele estava um cristal, normalmente laranja e pulsante, agora rosa claro, sem vida.

— Obrigado.

— E como faz com que ele volte a funcionar? Que fonte de calor vai usar?

— Quanto menos saber melhor pra você. Não é?

— Tenho medo de você ir embora e eu nunca mais esquecer dessa pergunta.

— Escuta, Silêncio Sideral… eu preciso lhe contar algo.

— O que?

— Sobre o motivo de eu ter deixado Messina. Não fui completamente honesto quando fui resgatado.

— Eu não preciso saber. Eu sinto que o conheço, não suas verdades ou sua história, mas sim quem você é. Eu estou do seu lado.

— Por isso gostaria de lhe contar a verdade.

— Eu entendo, conversamos outra hora, ok? — Silêncio Sideral se vira para ir embora, mas Apollo segura sua mão.

— Venha para Messina comigo. — Ele diz e Silêncio Sideral o olha confusa. — Venha comigo e viva lá conosco, com minha família em nossos palácios.

— Você tem palácios? Mais que um? Quem é você de verdade?

Apollo balança a cabeça — Eu sou quem eu disse que sou, minha família é regente de Messina, não eu.

Pessoas entram na área dos tatames e Apollo solta a mão de Silêncio Sideral que diz — Continuamos isso depois. — E se retira.

Silêncio Sideral tinha muitas coisas na cabeça para se preocupar com detalhes da vida de Apollo. Ela teria que buscar uma forma de convencer Kashmir a deixá-lo voltar a Messina. Kashmir não era fácil de persuadir, muito menos a favor de alguém que ela deixou claro que não confia, mas assimilar? Porque ela disse isso a ele de forma tão informal? Ela há de entender que esse não é o caminho.

— Você acha que lembrar do que perdeu é menos cruel? — Kashmir argumenta durante a festa. — Olha pra ele. — ela aponta para Apollo que conversa sorridente com um grupo de pessoas — Ele é querido por todos, carismático, inteligente, ele se integrou bem com a tripulação, ele já está assimilando.

— Mas essa não é a casa dele.

— Achei que você gostasse dele.

— Eu gosto.

— Então porque quer vê-lo pelas costas?

— Não é isso. O que é certo é certo, Kashmir.

— Exatamente: o que é certo é certo… e contato de primeiro grau com Messina não é certo.

— Porque você está sendo tão difícil? — Pergunta Silêncio Sideral — Ele não significa nada pra você, deixe-o ir.

— Conversamos amanhã, ok? Talvez seja melhor mesmo que ele saia daqui.

Silêncio Sideral sorri e ela sabe que meia batalha já estava ganha. Ela procura Apollo e o encontra sentado no chão, debruçado no assento de uma cadeira.

— O que fizeram com ele? — ela pergunta

— Ele bebeu apenas uma cerveja negra e ficou desse jeito. — disseram dois colegas que conversaram com ele. Silêncio Sideral toca nos cabelos de Apollo e ele olha pra cima sorrindo — Hey... eu queria tanto que seus amigos gostassem de mim.

— Você bebeu só uma cerveja?

— Eu nunca bebi isso antes, é horrível.

— O DNA dele é diferente do nosso, ele pode não processar os alimentos da mesma forma. Vou levá-lo à enfermaria.

Felizmente Apollo consegue andar, meio se arrastando, meio se escorando em Silêncio Sideral. — Sabe, você não é nada como imaginei. Você é realmente tudo que dizem. — diz Apollo.

— Do que está falando?

— Eu acho que é melhor mesmo você não vir comigo, Messina não está pronta pra alguém como você... nenhum lugar está.

Eles chegam a enfermaria e Silêncio Sideral coloca Apollo em um dos leitos, ela se senta ao lado com o cotovelo na cama. — Eu vou ficar aqui até você adormecer. Está vulnerável demais pra ficar no meio daquele monte de gente.

— Está me protegendo?

— Porque não me conta mais sobre Messina? — ela responde.

Apollo começa a falar com sua voz grave — ele tenta não falar alto, mas é quase impossível. Ele conta sobre seus treinos, fala sobre seus companheiros de exército, de como os meninos vinham pro batalhão dele com 14 anos, ou até mais jovem, e se desenvolviam nos melhores centuriões de Messina; de como seus companheiros eram como uma família. Ele falou da princesa, ele falou do povo generoso de Messina, e, antes que ela pudesse perceber, Silêncio Sideral caiu no sono. Ela pregou os olhos pelo que pareceu segundos e acordou com o barulho de um alarme, debruçada na maca em que Apollo deveria estar. Silêncio Sideral foi rapidamente checar seu datapad para desvendar de onde vinha o alarme, mas ele havia sumido. Imediatamente seu pensamento foi para Apollo e, então, para o fato do sistema de alarmes não estar funcionando na ala leste ainda, em como ele não seria pego.

Silêncio Sideral correu até a doca. Pandora, a nave de Apollo, estava posicionada no hangar de decolagem. Deslizou pelas escadas rapidamente e correu para a pequena nave, ainda aberta. Estava toda acesa e Apollo controlava os comandos.

— Você mentiu, você não estava bêbado.

— Eu só fico sóbrio muito mais rápido. — ele sorriu.

— Não precisa fazer isso, eu falei com Kashmir, vai dar tudo certo.

— Eu não posso confiar na Kashmir.

— Então confia em mim!

— Eu confio em você, mas você fez tudo ficar ainda mais difícil pra mim.

— Por favor, vamos fazer isso da forma correta.

— Você não devia ter vindo. Você poderia ter ficado na enfermaria, ter aceito que eu fosse embora...

Apollo guia Silêncio Sideral até o assento do copiloto; — O que está fazendo? — ele aperta o cinto. Silêncio Sideral notou lágrimas sendo seguradas nos olhos de Apollo. Seus olhos côr púrpura, ela não havia notado antes essa coloração peculiar: muita coisa nele ela não havia notado, aparentemente. Mas ela notou isso, ela notou claramente que ele não esperava que ela fosse aparecer; ele não esperava que sua missão fosse um sucesso.

— Eu não posso ir com você, eu te disse... — ela diz num tom mais baixo, sem saber qual reação Apollo teria.

— Você não entende né? Devia ter deixado eu explicar naquele dia. Não tinha missão no asteroide, nunca existiu um propósito pra eu estar perdido naquele lugar. Minha missão sempre foi encontrar você.

Eu sinto muito. — Apollo fecha a nave, abre o hangar e decola rumo a Messina.

Capítulo 2

Durante a entrada na atmosfera Silêncio Sideral passou mal e desmaiou. Apollo, então, lembrou-se que ela nunca havia descido para nenhuma atmosfera desde que ela se lembre, e a primeira vez é sempre difícil. Pandora aterrissou no mar e Messina continuava a mesma de suas memórias: nesse ponto, parecia um Oasis, uma terra prometida. Seus olhos se encheram de lágrimas quando o barco dos centuriões veio lhes resgatar. Eles não acreditavam no que viam, faziam diversas perguntas, mas Apollo não respondeu nenhuma, apenas sorriu e cumprimentou os rapazes. Ele foi imediatamente levado para o castelo, onde cortaram seu cabelo da forma que sempre foi cortado à moda dos soldados de Messina: barba feita e seu uniforme impecável junto com sua armadura, peitoril e ombreiras douradas, capa e toga azul. Ele sentiu falta de tudo isso, era como se ele nunca tivesse saído.

— O desfile deverá ser magnífico, senhor — disse um dos jovens soldados do castelo — Talvez incorporem na abertura dos jogos de Messina... o Senhor irá participar, não? Precisamos voltar a vencer. Ano passado foi trágico com o jovem Gideon perdendo todas as rodadas.

— Eles fizeram o Gideon competir?

— Sim senhor, eles acreditam na promessa do jovem rapaz, ele admira muito o senhor.

— Onde está a mulher que veio comigo?

— Está próxima a sauna, aqui ao lado.

Apollo se retirou e foi direto até a sala ao lado. Guardas o seguiam o tempo todo. Teriam entrado junto se ele não os tivesse comandado a ficar do lado de fora. "Devem estar com saudade" pensou ele e quase sorriu.

Apollo entrou na sauna, o vapor subia das piscinas aquecidas. Apollo esperava encontrar Silêncio Sideral sentada em um dos bancos, emburrada, o esperando, mas ao passo que ele atravessou as nuvens de vapor ele a avistou quase imediatamente: Silêncio Sideral estava em uma maca vertical, amarrada dos pés a cabeça e amordaçada, assim como fazem com pessoas que possuem magia. Um exagero, Apollo pensou. Ela o olhava com ódio, lágrimas nos olhos e era como olhar para dentro do cano de uma arma. Apollo se aproximou, tirou a mordaça, a amarra do pescoço, da cabeça e dos ombros. — Está melhor assim? — Silêncio Sideral não disse nada. Apollo se virou de costas, o silêncio foi ainda pior do que qualquer coisa que ela pudesse dizer.

— Aqui em Messina e em Alexandria, quando alguém comete traição ao reino, é executado. Quando há um caso onde traição não é provada, ou garantida, a pessoa é exilada. O exílio ocorre em lugares praticamente impossíveis de se escapar: desertos, ilhas, à deriva no oceano. Se o suposto traidor retorna a seu reino ele é recebido com um desfile e honrarias. O verdadeiro filho a casa torna, lealdade e honra, mas acima de tudo força. — Apollo se vira e observa Silêncio Sideral, ela está ouvindo.

— Aproximadamente cinco anos atrás uma voz melódica contava histórias em nossas ondas de rádio, histórias próximas demais de casa, de coisas que aconteceram e, talvez, de coisas que estão por vir. As histórias se tornaram mitos, mitos se tornaram lendas, lendas se tornaram profecias e a fé das pessoas de Messina foi sendo fortalecida, enquanto elas elaboravam teorias sobre o que a voz misteriosa no rádio dizia. Talvez você reconheça esse trecho; *'o que sobrou de Agosto desceu nas praias de safira.*

Descansando entre as pedras, agraciado pelo sol, o filho do gelo volta pra casa. Sem nada em seu nome, apenas suor e conquistas.

Acumula ele fama e títulos, defende o que é seu, ele defende seu nome.

Quando a Morte bater em sua porta, será ela sua mentora ou sua vassala?

Quando seu jogo com Fortuna acabar, será você vitorioso ou perderá?

Quando você descansa, você sonha com glória?

Você recebe o amor de estranhos, lamenta o amor perdido em sua família.

Glória de mãos dadas com seu filho favorito, você sabe se a merece?

Ah, filho de Agosto, sentimos tanta saudade de você. O panteão espera sua chegada. Não vejo a hora de você se conhecer, não vejo a hora de você ver quão incrível você pode ser...'

— Eu falei muita coisa naquele comunicador. — responde Silêncio Sideral.

— Essa passagem quase todos sabem de cor, cantaram ela na minha última vitória nos jogos de Messina. Eu sou o único Augustus que vive em Messina, o único sem nada em meu nome, apenas títulos, o único sem nenhum familiar direto vivo.

— E daí?

— Eu fui exilado por causa disso: o rei ficou com medo de eu estar querendo tomar Messina, e se assustou com o nível de minha reputação. Ele me convocou de volta à cidade, fez com que eu e meus centuriões perseguissem seus seguidores mais fiéis. Quando isso não funcionou, fui acusado de planejar traição e fui exilado. Porém, não fui exilado em um deserto árido, ou em uma ilha inóspita... eles me conhecem bem demais pra saber que eu voltaria. Eles me exilaram fora do planeta. Mas eu voltei. Voltei e provei que sou um filho leal de Messina. Meus homens, que foram desgraçados e espalhados entre diversos batalhões, poderão se reunir novamente. Eles terão suas vidas de volta e eu terei a minha, com o desfile e a glória inundando a cidade, reconquistando minha honra.

— E eu? — pergunta Silêncio Sideral

— Você vai ficar aqui. O começo pode ser difícil, mas assim que verem que você não possui e nem reconhece magia, você será liberta e eu farei de tudo para que retorne a Azincourt. Você me ajuda a limpar meu nome, Silêncio Sideral, e eu te ajudo a voltar pra casa, eu prometo.

Apollo abriu a porta e disse para o guarda que estava do lado de fora "Estamos prontos". Logo eles foram levados para uma enorme sala, de teto tão alto que era difícil ver os detalhes da pintura que o ostentava: cenas de batalhas, guerras, conquistas. Aos lados próximos às paredes, bustos de homens feitos do que Silêncio Sideral imaginou que fosse ouro puro. Ao final da enorme sala, ela tinha certeza que encontraria o altar de um templo, mas o que ela viu foi um trono. Sentado nele, um rei.

— Cinco anos atrás houve um broadcast vindo pelos portais. Diziam ser mensagens dos deuses. De uma sacerdotisa, uma profeta. De meras mensagens se originaram seguidores e defensores. De defensores se originaram missionários; e de missionários estávamos com algo muito mais perigoso em mãos. Uma religião baseada nos delírios de uma terráquea como você. Esse tal de Silêncio Sideral, esse codinome, porque? — ela ficou quieta.

— Responda! — disse o soldado atrás dando um tapa na cabeça dela e a derrubando. Apollo a segurou antes que batesse a cara no chão.

— Cuidado! Ela é apenas uma terráquea. — diz Apollo.

— É ficção. — ela diz em voz baixa.

— Como disse? — O rei diz e se aproxima colocando a mão em concha no ouvido.

— É FICÇÃO, SEUS BOÇAIS! — ela diz — São delírios sim, que eu passei cinco anos falando em um comunicador antiquado a sete anos atrás esperando para morrer sem nunca ser ouvida. Não significa nada! NADA!

— A partir do momento que sai da sua boca não são mais suas as palavras. As palavras pertencem aos ouvidos de quem as ouve. Quem decide, se são nada ou não, não é mais você. — conclui o Rei. — E por isso você vai pagar. Iremos acabar com essa fase de uma vez por todas.

— Seu povo ignorante não tem noção de narrativa e eu pago por isso?

— Majestade, estava pensando em expô-la no encerramento dos jogos, expor que é terráquea e ela mesma pode fazer isso, repetir a mesma coisa que disse aqui. Depois podemos...assimilá-la. — Apollo finaliza olhando pra ela no final. Silêncio Sideral cospe no chão.

— Não. — diz o rei, andando de um lado pro outro, casualmente e pensativo.

— A gente vai destruir esse planeta bosta de vocês, a Azincourt sozinha é capaz de explodir isso em doze minutos.

— Terráqueos são proibidos pela Ordem Planetária de nos contactar. Não são? — diz o Rei — Vocês não fazem contato com civilizações que entendem como "menos" avançadas.

— Sem velocidade warp — completa o conselheiro que até então não se moveu do lado esquerdo do trono, ao fundo. O conselheiro estava com armadura completa, uma espada imensa. Ele era um homem de estatura maior que o rei, e tão imponente quanto, mas seu olhar demonstrava uma devoção absoluta ao homem que casualmente andava e discutia o destino de Silêncio Sideral.

— O que acha Petir? — diz o Rei ao seu conselheiro — No fim dos jogos? Logo amanhã pela manhã antes da entrega dos louros?

— Vamos executá-la primeiro e, depois, apresentá-la ao público. Esse achado é importante demais.

— Executar? — diz Apollo — Ela é apenas uma terráquea, que se diz atéia. Talvez o melhor curso seja expor a farsa. Não?

— Ah sim, querido Apollo, vamos expor sim, e executá-la em seguida, oras. Essas ações não são mutuamente exclusivas — diz o Rei — A lei é clara: qualquer praticante de mágica, ou missionário que corrompa as mentes pensantes de Messina, são executados.

— Mas ela não é de Messina. É contra nossa honra. — diz Apollo.

— Ela não é de nenhum planeta aliado também, então pouco nos importa.

— Eu discordo a partir do momento que minha prisioneira não é tratada com o respeito que dela recebi quando pelos terráqueos fui capturado. — diz Apollo. O rei se aproxima de Apollo, o olha em seus olhos fixamente, curioso.

— Você me contraria? — pergunta o rei com falsa descrença. Apollo e todos ali sabem o que isso significa.

— Claro que não, majestade. — diz Apollo, exatamente como o Rei sabia que seria e é como se um peso fosse tirado da sala.

— Não esqueça quem você é — diz o Rei — herdeiro de traidores, usurpadores. Eu adotei você e seus primos após a catástrofe que seus pais trouxeram para si próprios. O certo seria dizimarmos a linhagem inteira dos Augustus, mas eu não fiz isso. — O rei se vira e anda de volta ao trono. Dá um olhar significativo para seu conselheiro.

— Ao invés disso, Lucius teve piedade e, na ausência de um herdeiro, adotou os filhos dos traidores da família Augustus. Um erro cometido por Crasso Caius no passado — ênfase em Caius — E olhe que eu o aconselhei contra a insensatez, mas vossa majestade é por demais generoso.

— E eu agradeço, vossa majestade — diz Apollo, mais uma vez, agradecendo ao rei por assassinar seus pais. — Meu objetivo sempre foi trazer orgulho para Messina e para o trono. Eu almejo sempre, ser melhor que meus antecessores.

— E faz certo! — o rei sorri.

Na sala do trono, o rei, e seu conselheiro e guardião Petir, continuam a discussão sobre como melhor executar Silêncio Sideral. Apollo ficava quieto. Ele queria honra para o batalhão dele e ele ia usar o Silêncio Sideral como moeda de troca para isso. Silêncio Sideral começa a rir, a princípio baixo, mas logo escalando para uma gargalhada violenta.

— Ela é maluca! — disse o soldado ao lado dela, mas Silêncio Sideral continuou rindo, mais alto agora, mais desesperada a ponto de chamar atenção dos demais ali.

— IDIOTAS! — ela disse em meio a risadas.

— O que foi, profetiza? — disse Petir.

— Eu não estou sozinha!

— Ninguém vai vir lhe buscar criança. — diz o Rei, uma mistura de confusão e pena no olhar — Acabou.

— Nós conhecemos as leis interplanetárias, chega de blefe. — diz Petir. Silêncio Sideral balança a cabeça.

— Vocês sequestram um membro de uma galáxia extinta e acham que vai ficar por isso mesmo?

— Tirem-na daqui! — Comanda Petir.

— Ainda manteremos ela na torre, senhor? — pergunta o soldado assustado com o rompante.

— Calabouço. — ele diz.

— Toda essa segurança e violência é desnecessária! Terráqueos não possuem mana, ela é inofensiva. — Tenta Apollo novamente. Silêncio Sideral é arrastada dalí.

— Você não ouviu o que ela disse, *Augustus*? — diz Petir com certo desdém pelo nome — Ela tem um guardião?

— Um Autrum Dei? — diz Apollo confuso — Óbvio que não, ela nem sabe o que é isso, eu garanto.

— Ela tem? — exclama o rei, mais para Petir do que para Apollo.

— Não, senhor — diz Apollo — O mito religioso dos terráqueos é extremamente primitivo, eles não possuem e tampouco cultivaram mana. Eles continuam a seguir as mesmas guias de milênios atrás sem nenhuma evolução cultural. Religião terrestre é decadente por completo e, em grande parte, responsável pelos eventos de extinção antropogênica que se repetem pela história. Eles não compreendem a noção de um Altrum Dei.

— Sei que esse tipo de "costume" é banido em Messina, mas, ao passo que banimos, seguimos a tradição. — diz Petir — Altrum Dei existe muito antes de existir o título. Eu, como Altrum de Messina, sou o principal defensor do reino após Lucius. Minha vida é defender seu rei. Pessoas proeminentes precisam de um herói nessa posição. Então, pergunto novamente: ela possui alguém assim?

— Não — diz Apollo, imaginando que ele seria essa pessoa caso ele tivesse aceito ser assimilado à Azincourt para sempre ou, talvez, ela fosse essa pessoa para ele. Talvez ele o seja em um outro universo, numa outra realidade.

— Bom, em assuntos menos desagradáveis... — diz Rei Lucius se virando e pegando uma taça de alumínio com vinho. Ele bebe um gole e cospe tudo em seguida. — ÁGUA! — ele grita e imediatamente lhe é oferecida uma taça com água. — Gideon dobrou a toga enquanto você estava se aventurando com os terráqueos. Devido a situação tensa, decidimos que ele não vai servir a coroa como comandante. Dessa forma, escalamos ele para representar Messina nos jogos em seu lugar. — diz o Rei e olha para Petir — Seu filho é grande como você com apenas 15 verões. Ele vai nos trazer muito orgulho ainda, meu amigo, não se preocupe.

— Eu posso ajudá-lo nos jogos. — diz Apollo.

— Não se preocupe com os jogos, meu querido. Já está tudo decidido.

— Ainda prefiro que Gideon sirva o exército como eu fiz no meu tempo, como o senhor fez. — Responde Petir

— Nós estamos aqui para que os nossos tenham uma chance melhor do que tivemos. Quando nosso tempo passar, Lucius XIV e Gideon estarão preparados. — O rei se retira sem cerimonias, e sem nenhuma preocupação em sua mente.

— Eu tenho minhas diferenças com os Augustus, para mim você não ser por completo Augustino sempre foi um ponto positivo — Apollo aceita o braço do homenzarrão — O jovem Gideon lhe admira, ele admira seu esforço, você sempre foi o melhor na espada e na luta, mas sempre foi o que mais praticou. Esse tipo de coisa não passa despercebida.

— Dever, honra e glória. — diz Apollo, olhando nos olhos de Petir

— Dever, honra e glória. — repete Petir, o mantra de Messina.

Apollo ficou a sós no grande corredor branco da sala do trono. Ele colocou a mão no bolso de seu uniforme azul e branco e sentiu o pequeno comunicador antiquado de Silêncio Sideral. Ele ainda deve estar propagando as mensagens. Ele pensou diversas vezes em destruí-lo, entretanto... tinha algo confortante em saber que estava com ele. Ele seguiu até a quarta torre, onde ele estava alojado, o tempo todo segurando o aparelho. Ele percebeu que seus pertences haviam sido recuperados e colocados no quarto novamente.

A família Augustus e a família Caius tiveram um desentendimento gerações atrás. Apollo não se envolvia muito, afinal seu núcleo familiar sempre esteve mais à periferia do núcleo da família Augustus. Seu pai era um simples historiador e geógrafo, um homem suave de fala delicada. Terceiro filho, seu pai sabia que não ia ter que assumir muita coisa. Ele conheceu a mãe de Apollo em uma dessas viagens e se casaram. Anos depois, houve boatos de traição, apenas ecos da antiga guerra civil entre Augustus, Caius e Alexandre. Assuntos inacabados restaram como um fardo e uma dívida para aqueles de nome Augustus carregarem. E, no coração da noite, toda a família Augustus foi assassinada, poupando-se apenas as crianças. Assim, o pai de Apollo pagou a sina pelas mãos de homens mais violentos que ele. Os filhos foram, por fim, adotados pela família Caius, que se encarregou de educá-los da forma *certa*, sem plantar ideologias infundadas de governo e reino nas mãos da família Augustus. O único que sobrou foi seu tio e a traição dele custou sua família. Isso, porém, são águas passadas e Apollo só quer ter seu lugar no reino. Talvez, se seu pai fosse mais forte, a família dele estivesse inteira. Sua mãe estaria viva. Toda vez que Apollo se sente cansado, ou contrariado, ele lembra disso e se lembra como a vida funciona em Messina. Então, ele engole qualquer sentimento fútil que possa experimentar e foca em ser o melhor Augustus de seu clã, fugindo da fama que sua casa tem, do estigma de ter o sangue de traidores. Ao pensar nisso ele ri da ironia: traição foi exatamente o que lhe trouxe glória neste dia.

Finalmente Apollo se rende e aperta o botão de *playback* do pequeno comunicador. Tem horas de gravação, mas ele seleciona uma faixa antiga:

"As vezes acordo repentinamente de um sono profundo com uma voz familiar chamando meu nome com urgência, mas nunca sei de quem é essa voz... ou o nome pelo qual me chamam. Eu não sei onde eu deveria ter nascido, onde deveria ter crescido, quem deveria ter sido meus pais, meus amigos. Não conheço nenhum deles. Não sei se valia a pena ter conhecido, nem sequer a magnitude do que eu perdi. O que eu sei é que não importa o que eu faça, não importa minha atitude, ou meus méritos, eu nunca serei uma pessoa diferente. Não depende do meu esforço, não é a soma do que eu faço que me segura e sim quem eu sou. Quem você é, é impossível mudar." — Apollo parou a gravação e olhou a data. Ela deve ter gravado isso meses antes de o encontrar. Ele se lembrou do que Silêncio Sideral disse a ele, sobre o impulso de falar no comunicador: ela geralmente não sabia o que ia dizer até começar.

— Eu to ficando maluco. — ele sussurrou a si mesmo, mas a vontade de ouvir mais só crescia. Ele colocou o comunicador de volta no bolso.

Embora seu pensamento não deixasse Silêncio Sideral, Apollo passou o dia com os jovens. Ele era como um irmão mais velho para eles. A pequena Aurora era sua favorita e ela adorava seus olhos púrpuras, um traço dele que geralmente trazia descontentamento. O que ele mais desejava era ser como os demais de seu clã, loiros de olhos claros, petulantes. Mas Messina abraçou Apollo em todas as suas diferenças e, de fato, ele ser diferente foi algo que cativou mais o povo. Nos jogos de Messina, sendo agraciado, e no dia de seu nome, buquês de hyacinthus eram enfileirados na entrada do palácio em sua homenagem. Apenas o rei e seus filhos legítimos tinham essa graça.

— Quem é Silêncio Sideral? — perguntou Aurora quando os dois estavam a sós.

— Como sabe o nome dela? — Apollo perguntou chocado.

— Ela é uma mulher comum. — diz Aurora — Não pode ficar no calabouço, lá é muito frio. — Apollo para no meio do pátio, se abaixa para ficar na linha de visão de Aurora e a segura pelos ombros enquanto olha em volta para possíveis ouvintes.

— Aurora, do que você está falando? — ele diz — Como sabe dessas coisas?

— Apollo, eu não sou mais criança. — diz a garota. — Eu sei o que acontece no meu próprio reino.

— Aurora, se você encontrou uma forma de ir para o calabouço você deve parar. Lá é muito perigoso, é onde ficam as pessoas mais perigosas do reino! — a garota não respondeu, apenas olhou pra ele, com pesar.

— As pessoas mais perigosas do reino estão aqui em cima. — ela disse — Apollo a soltou.

— Eu não gosto quando fala desse jeito.

— Você não precisa mais me proteger.

— Eu nem sei se consigo.

Os dois se olharam e o olhar de Aurora pesou em Apollo. Ela queria chorar. — Ninguém está fazendo preparativos para seu desfile.

— Eu sei. — ele diz.

Apollo abraça Aurora e lhe dá um beijo na testa. — Eu nunca esquecerei a promessa que lhe fiz.

O calabouço do Arceáquila havia sido cavado na própria pedra onde descansa a península de Messina. Era especial em Orácula, pois nenhuma magia passava pelas paredes feitas daquela pedra especial endêmica do lugar e, consequentemente, não havia janelas. O ar era úmido e frio, e o metal das celas, coberto de ferrugem, deixava um cheiro metálico no ar que lembrava muito o do sangue.

— Silêncio Sideral! — ela ouviu novamente — Silêncio Sideral! — Apollo corria às cegas, entre as celas vazias, gritando por ela. Não foi sua imaginação.

— Aqui! — ela respondeu, sem saber se a intenção dele era boa ou ruim. Apollo correu até onde o som da voz vinha, logo ele usou uma luz e iluminou tudo ali. Apollo veio até a cela de Silêncio Sideral, que segurava nas grades. Apollo posicionou suas mãos sobre as dela. — Não vou pedir perdão, pois sei que o que fiz é imperdoável, mas — Algo gigantesco sai das sombras e lança Apollo a metros dali. A criatura abre a cela com a chave. Silêncio Sideral não vê, pois Apollo levou a luz com ele quando foi lançado.

— Kashmir? — ela diz, sentindo a presença de sua companheira.

— A mesma. Vamos! — disse a enorme mulher coelho. Apollo brilha a lanterna em Kashmir.

— O que está fazendo? — ele diz.

— Libertando ela! — responde Kashmir.

— Eu é que estou fazendo isso! — ele se levanta e pára ao lado dela. Kashmir está com o macacão apertado de Azincourt, sua segunda pele e traje espacial. É possível ver um pouco da gola e das mangas; para quem conhece o uniforme, é fácil identificar. Por cima ela está totalmente caracterizada com trajes de Messina. Kashmir pega Apollo pelo pescoço e ele não reage. Ela o solta — Temos que ir.

— Kashmir, você está estragando o arco de redenção do Apollo. Ele estava se desculpando pelo que fez. — diz Silêncio Sideral

— O arco de redenção dele já foi estragado quando o alien que a gente adotou sequestrou nossa oficial.

— Não era pra você ter vindo, Silêncio Sideral. — diz Apollo a Kashmir — Ela entrou na minha nave quando eu estava voltando para Messina.

— Conhecendo como a conheço, ela entrou para te impedir. — disse Kashmir.

— Eu não vou ficar. — diz Apollo. — Silêncio Sideral é minha responsabilidade até eu devolvê-la em segurança a Azincourt.

— Fica no seu castelo, coma e beba bem. — diz Kashmir, ajudando Silêncio Sideral a se embrulhar no cobertor.

— Se você sair desse calabouço, ao meu lado, você renuncia seu reino, você trai a coroa. — diz Kashmir.

— Eles já me renunciaram quando me exilaram naquele meteoro.

Eles ouvem uma explosão do lado de fora.

— O que foi isso? — pergunta Kashmir.

— Não foi vocês? — Apollo responde apreensivo — Preciso voltar, se isso é um ataque...

— Seja o que for, é a distração perfeita — diz Silêncio Sideral — Você vem?

É possível ver nos olhos de Apollo seu conflito interno.

— Eu sei o que parece, tem muita gente alí que merece minha ajuda.

— Eles podem merecer, mas realmente precisam dela? — pergunta Silêncio Sideral

Apollo respira fundo; — Vamos. Se não for agora, morrerei aqui.

— Liberte os demais. — diz Silêncio Sideral

— Essa é minha intenção. — diz Kashmir.

Kashmir sai abrindo todas as celas no caminho para a saída e entrega o molho de chaves a um dos prisioneiros. um homem alto, tal como Kashmir, pelo menos dois metros de altura. Algo nele era peculiar, algo que Kashmir notou primeiro. Ele tinha orelhas de gato e olhos de réptil. Ele olhou para Kashmir e cumprimentou com um gesto da cabeça dizendo: — Mbaecha'pa! — como alguém que encontra uma velha amiga. Kashmir não responde, ela fica paralisada.

— Podem ir jovens — ele diz.

Apollo puxou as duas e eles saíram pelo mesmo caminho que Apollo chegou. Silêncio Sideral notou que não era o caminho usado pelos guardas. Eles saíram, por fim, em uma estufa de vidro, com um pequeno workshop e diversas flores. Mais uma explosão é ouvida, dessa vez mais perto, e o barulho era como um relâmpago.

Eles conseguem sair do enorme palácio e andam até a área da costa. Era noite, mas a água parecia refletir no céu e vice versa. Beirando o mar havia um enorme palácio, adornado e branco. Havia lugares de lazer e lugares para descanso. Uma enorme piscina, com diversos ambientes, logo em frente ao mar. Messina fazia isso, Silêncio Sideral notou. Colocava coisas artificiais adjacentes a coisas naturais. Havia piscinas logo ao lado do oceano, jardins plantados ao lado de árvores e natureza livre, era como se quisessem adornar o que já havia ali, celebrar sua própria terra. As águas pareciam emanar luz própria. Eles seguiram andando pela costa, Apollo com sua toga oficial de Messina, Kashmir vestida como uma viajante fora de qualquer suspeita e Silêncio Sideral enrolada no cobertor azul escuro e adornado com bordados dourados, as cores de Messina. Um grupo de soldados passou por eles em direção ao barulho.

— Senhor! — disse um dos soldados.

— Vão até o ponto zero, encontro vocês assim que puder! — ele diz.

Seguiram Kashmir até o ponto de partida. "Meu contato já deveria estar aqui." — ela disse. Logo chegou um rapaz e Kashmir se comunicou com ele com sotaque Messiano perfeito. Era como se fossem velhos conhecidos. Ele entregou a ela uma bolsa e um envelope. Ela continuou a discutir com ele. O rapaz olhava apreensivo a Apollo e, por fim, ele voltou de onde veio.

— Eu tinha contratado uma balsa para sair de Messina essa noite, mas eles não querem nos levar com Apollo junto. Então pedi apenas três bilhetes para um transporte. — ela retira do envelope os três cartões.

— Quantos anos faz que você está em Messina? — ele diz impressionado. — Você sabe como é difícil conseguir passagem do portão. E esse sotaque...você me assusta, mulher.

— Eu devia é jogar você no mar e seguir com a ideia da balsa. — ela diz a Apollo se virando. Você sabe onde é esse transporte?

Apollo sorri — Não é bem um transporte, é um portão.

Eles seguem andando até uma ponte que leva a uma doca suspensa. Lá há diversos zepelins e uma área livre ao oceano, longe da cidade, do outro lado da arena onde, Silêncio Sideral assumiu, os tais jogos ocorriam.

— É isso? — pergunta Kashmir, não muito impressionada.

— Não. — diz Apollo — Aquilo. — e aponta para um arco enorme a aproximadamente seis quilômetros a frente, no oceano.

— A Doca de Safiras de Messina. Onde as pessoas vêm de todos os mundos para competir.

— Mundos? — questiona Silêncio Sideral.

— Ah... — diz Apollo — Vocês terráqueos não são muito avançados, mas eu vou explicar. Aqui não usamos warp, não precisamos. Warp é antiquado e certamente perigoso. O tipo de transporte que usamos é esse. Aquele portal dá acesso a qualquer região, qualquer planeta que queiramos ir.

— Teleporte?

— Não exatamente, mas para vocês entenderem, sim.

— Teleporte? — pergunta Kashmir, sem acreditar muito.

— Vocês não tem espaçonaves em grande número nem muito bem construídas pois nunca precisaram, vocês usam os portais! — constatou Silêncio Sideral. — Isso vai além do que... não estamos nem perto de descobrir como fazer isso.

— Nós sabemos, nós somos os únicos no universo com esse tipo de tecnologia, até onde sei. — ele diz.

— Vocês... — ela pergunta apreensiva. — Viajam em tempo real?

— Não. Às vezes perdemos algumas horas, mas para o viajante é como passar em um portão normal. Um piscar de olhos

— Então, em teoria, é possível viajar no tempo...viajar para o passado...

— Não. — diz Apollo — Não é possível ir para o passado, só para o futuro. E experimentos do tipo são proibidos. — ele se vira para Kashmir — Para onde vamos?

— Eu não tenho ideia. — ela diz — Meu plano falhou.

— Você não tem aliados aqui, Apollo? — pergunta Silêncio Sideral.

— Quem podia me ajudar eu acabei de trair ao ajudar você a escapar. — Apollo diz frustrado. — Eu coloquei toda minha casa em risco.

— Precisamos voltar para Azincourt ou, pelo menos, conseguir avisá-los que estamos bem. — conclui Silêncio Sideral.

— Já é tarde, Silêncio Sideral — diz Kashmir — Eu abdiquei do meu cargo e vim te ajudar, contra as ordens da federação. Eu quebrei as regras da Ordem.

— E Azincourt?

— Azincourt vai retomar o curso amanhã. Após isso estaremos fora do alcance de comunicação.

Apollo olhou à sua volta, na estação, e apontou um zepelim menor — Aquele! — ele disse — Vamos para Ândoras.

— Ândoras? — pergunta Kashmir — Eles não estão em guerra?

— Sim, — Apollo, ainda impressionado que Kashmir fez seu dever de casa — Meu primo está comandando o cerco e meus centuriões mais leais foram enviados pra lá. Você vai ter que esconder suas orelhas, Kashmir. Não queremos que saibam o que você é.

— O que eu sou? — pergunta ela.

— Uma amazona.

O cerco de Ândoras começou a aproximadamente cem anos, assim que o Rei Alexandre desapareceu e a guerra civil para independência dos planetas se iniciou. Mesmo sendo em Messina, o enorme forte na alta serra se recusou a abrir as portas. Seu exército e seu senhor estão lá até hoje, leais a Alexandria. E o exército de Messina mantém o cerco, geração após geração; nenhum dos dois lados cedeu. E hoje, quem já faz parte do cerco já não sabe mais o que é uma vida fora dele.

— Messina envia pra cá quem eles querem punir, e Netuno é um deles. — diz Apollo conforme se aproximam das barricadas.

O lugar não parece em nada com um cerco. Havia sim, um enorme forte ao longe, mas envolta, o que se estendia, parecia mais uma cidadela do que um cerco militar. Após alguns momentos esperando, Apollo ouve uma voz familiar chamá-lo;

— O que você quer aqui Apollo? Achei que ia estar em Messina recebendo louros pela sua façanha fora de órbita. — Diz um homem alguns centímetros mais alto que Apollo, de cabelos cacheados como os dele, porém mais longos e loiros, tão loiros que quando ele veio para fora da sombra de sua tenda a Lua cheia que brilhava por trás fez parecer que ele tinha uma auréola angelical.

Netuno era sobre humano de tão belo e parecia, de certa forma, alguém que caiu naquele lugar por acidente, deslocado, tornando evidente a todos tudo que existia de errado naquele mundo.

— Eu preciso de ajuda — ele diz, abrindo espaço para Silêncio Sideral e Kashmir entrarem na tenda com ele. Kashmir tira sua capa e Netuno vê quem elas realmente são. — Essas são Silêncio Sideral e sua protetora, Kashmir. Elas são da Via Láctea.

Netuno parece atordoado de surpresa. Imediatamente se recompõe e convida os três, com um gesto, para dentro de sua barraca.

— O que elas fazem aqui, seu energúmeno? — diz Netuno. — Porque eu? Porque não perturbar o Benê com isso? Vocês não são próximos? Porque quer trazer mais atenção pra mim?

— Messina não sabe qual o seu posicionamento quanto ao que ocorreu entre as famílias.

— Sim, por isso estou aqui, fora do alcance e fora de vista. — diz Netuno. — Comandando essa piada de cerco.

— Eu preciso levar Silêncio Sideral e Kashmir de volta para sua nave, ou pelo menos seguir em segurança. — diz Apollo. Netuno se senta em um dos bancos na barraca de comando que mais parece uma sala de estar com a falta de uso das ferramentas táticas. — Logo vai chegar notícias de nossa fuga, e de minha traição.

— Apollo, o filho prodígio... — Netuno diz e sorri. — Agora entendi porque veio até mim. Benê não tem culhões nem contatos para te ajudar. Assim como você, ele está ocupado demais chupando as bolas dos Caius.

Netuno direciona o olhar agora a Kashmir; — Você sabe o que faz com que meu primo venha até mim buscar ajuda? Depois de me ignorar por quase 10 anos? — ele diz, se levantando e enchendo quatro taças prateadas com vinho — Quando éramos crianças, nossa família discordava com a família de Caius sobre quem tinha direito ao trono, pois veja bem, o Rei Crassus, um Augusto, foi adotado por

Caius Julius, pois ele não tinha herdeiros. Crassus, nosso tio avô, renunciou seu nome após a guerra civil para se casar com Julia Caius Agripa, sua irmã adotiva. Sendo assim, quem ocupava o trono como rei e guardião de Messina é um Augustus e não Caius, correto?

— Creio que sim, mas não conheço as leis de sucessão de seu governo. — responde Kashmir.

— Acontece que a família Augustus é forte, veja, tirando meu priminho aqui, somos todos homens e mulheres de capacidade mental e física acima do ordinário. Viemos de uma linhagem de estudiosos, viajantes e militares. Puros Messianos ou Alexandrinos, como queira definir. Altos e excepcionais. O que faz de nós especiais não é o que temos, como é com Caius, e sim *quem* somos. — Netuno entrega as bebidas. — Quando eu tinha apenas dez anos e meu primo aqui — ele dá dois tapas nas costas de Apollo — apenas sete. Soldados de Messina invadiram nosso estado e assassinaram nossos pais. Toda uma geração foi massacrada, pois nosso querido rei Lucius morre de medo que os Augustus contestem ele. Sempre foi inseguro com sua clama fraca sobre o trono.

— E vocês pretendiam? — pergunta Silêncio Sideral.

— Claro que não. Meu pai era um geógrafo. — diz Apollo.

— E o meu um pederasta. — diz Netuno, se virando e abrindo uma arca. — Única forma de ir para Via Láctea é com um dos portões dos Deuses. — diz Netuno emergindo da arca com um saquinho de couro e peles de algum animal. — Os portais além do mundo foram todos desativados, exceto os que existiam em locais onde homens raramente chegam, onde nem o ateísmo foi capaz de desafiar os deuses. — Netuno entrega as peles a Kashmir.

— Ah não. — Apollo diz em um suspiro, cansado, como quem sabia de alguma forma que cedo ou tarde esse dia chegaria. — Não pode ser… Não precisamos ir além mundo, só precisamos chegar a Azincourt.

— Que está além mundo — diz Kashmir.

— Vocês devem ir para Boreas — Netuno joga o saco de couro para o primo — Você não vai precisar de peles, meu querido, mas aí vai encontrar moedas que pode usar no planeta. Chegando em Aldebaran procure por Sid. Ele é um Sophiano que mora lá faz anos. Ele é o guardião da Altrum Dei de Boreas. Diga que eu o enviei e ele vai te abrigar, te armar e, possivelmente, saberá te informar sobre o portal ou, pelo menos, terá alguma pista.

—Netuno, porque você tem o contato de um Sophiano renegado que tem conhecimento de magia antiga?

— Se preocupe mais com o que você tem aí. — ele aponta para Silêncio Sideral — Você precisa de fortes aliados agora e mesmo sendo um Glacinata, você é família, é meu sangue. — Netuno pega no braço de Apollo, como os homens fazem em Messina — Quando o demônio vier bater em minha porta e a Fama lhe chamar, espero que atenda. — Apollo encosta a testa dele na testa de seu primo e eles fecham os olhos.

— Verdade, honra e dever. — Diz Apollo. Netuno sorri.

— Finalmente você entendeu, meu primo. — eles se afastam — Sua mãe lhe deu esse presente, não negue quem você é. Verdade, honra e glória. — ele responde.

Capítulo 3

Boreas é o maior planeta da galáxia Oracula; no entanto, a maior parte de seu território é dominado por glaciares, sendo assim inóspito para a maioria das pessoas. Muito pouco se sabe sobre Boreas. Sabe-se que seu nome veio de sua Deusa criadora, e que nem sempre foi um planeta gelado. Inclusive que não faz sentido ser tão gelado quanto é, uma vez que é mais próximo ao sol de Orácula que Messina. Sabe-se que Boreas já foi um planeta fértil com estações distintas, onde o sol branco de Orácula brilhava desobstruído. Boreas é um lugar cheio de mistérios, quem cresce em Boreas tem que crescer forte, ou ser tomado pelo gelo. Poucos imigrantes conseguem passar muito tempo aqui e os que conseguem são bem aceitos pelos locais. Aldebaran é a cidade mais populosa e moderna deste planeta. Capital de Skysgard, Aldebaran possui o único portal ativo do planeta, único acesso seguro para viajantes.

Hoje, a cidade estava totalmente lotada. Um evento estava tomando o lugar; havia carros de luxo parando em frente ao hotel, pessoas esperando nas calçadas, aplaudindo e cochichando. A região da grande arena, no centro da cidade, estava aglomerada de curiosos em ambos os lados da entrada. Aldebaran se preparava para um grande duelo.

O povo dessa terra é bem familiarizado com conflitos. Boreas sempre foi dominada pelos glacinati e dividida entre os clãs. Sempre levando a sério valores antigos, cultura de família e união. O povo de Boreas tem uma forma bem simples de resolver desentendimentos, um duelo e todos aceitavam que o mais forte reinaria.

O grupo chegou a Boreas via portal e Silêncio Sideral ainda não conseguia acreditar nessa tecnologia; eles chamavam de mágica e para ela era algo bem próximo disso. Eles foram para o balcão de informações, próximo ao portal. Kashmir escondia suas orelhas, mas isso não impedia que olhassem para o trio com curiosidade, mesmo o lugar estando borbulhando com tantas pessoas em roupas coloridas e com sede de atenção.

— Eu conheço Sid, correspondi-me com ele antes de ser exilado.

— Porque escondeu do seu primo?

— Porque ele escondeu de mim? Eu não sei porque ele tem o contato de Sid, mas eu sei que meu intuito em contactá-lo era nobre. O que sempre quis foi proteger as pessoas que amo, nada mais.

— A casa Golivera está participando do duelo de famílias para ver quem vai governar Gottengard. Todo mundo quer falar com eles, seja mais específico — disse o homem no balcão de informações.

— Vamos encontrar alguém da casa, não um membro da família.

— Eu só posso buscar registros de pessoas que você me passa o nome, querido. — diz — A família toda e seu staff está situada no hotel na rua principal. — o atendente se virou e começou a atender outra pessoa.

Eles foram até o enorme hotel. Lobby lotado; pelo balcão de check -in era impossível ser atendido prontamente. Apollo foi até o bar adjacente ao lobby e deslizou algumas moedas ao garçom, perguntando de Sid em seguida. O homem fez que retornaria em breve e não voltou mais. Kashmir olhou para Apollo, reprovando.

— O cara fugiu com seu dinheiro.

— Eu vi, Kash, eu estava aqui também — ele responde irritado.

Kashmir toma de Apollo a bolsa de dinheiro e se levanta.

— O que foi agora?

— Aqui está muito lotado, vamos a uma taverna menor, comer uma refeição quentinha e tentar não nos destacarmos tanto. — ela olha em volta e mede Apollo com seu uniforme de Messina. Ele sorri e eles seguem.

A taverna, que parecia pequena, foi se mostrando cada vez mais ampla na medida em que foram adentrando-na. Não parecia lotada, embora quase todas as mesas estivessem ocupadas por alguém. Em um piscar de olhos uma mesa, ao lado deles, começava a ser requisitada. Eles discutiam o que queriam pedir e o que fariam em seguida, mas a moça que sentou na mesa ao lado não parava de encará-los.

— Com licença? — diz Apollo, um pouco irritado.

— Perdão, é que eu nunca vi um Glacinata de toga.

— Eu não sou Glacinata, sou Messiano. — ele respondeu com certa petulância.

— Se eu já vi um Glacinato na vida, você é um. — retruca ela.

— Vocês dois parecem irmãos, Apollo. — diz Silêncio Sideral.

— Eu não nasci aqui, nasci em Messina. — ele diz.

— E o que faz em ADB?

— Bom, procuramos um quarto, mas está tudo ocupado. — diz Silêncio Sideral e estende a mão.

— Meu nome é Celine — ela diz e cumprimenta a todos, arrastando sua cadeira para se juntar a eles.

— Mbaecha'pa — diz Celine a Kashmir — Ok, forasteiros. Vamos fazer uma aposta, então.

— Aposta? — pergunta Apollo. — Duvido que possa me beneficiar em algo.

Celine tira sua faca da bainha de dentro de sua bota e põe na mesa. Apollo olha a faca: ela parece esculpida em cristal, mas ainda há algo mais peculiar no item. Dela sai uma névoa glacial que se choca com o ar brando de dentro da taverna; logo a madeira da mesa demonstra sinais de congelamento.

— O que é isso? — pergunta Silêncio Sideral, em choque.

— Se você conseguir segurar essa faca por três segundos eu pago o seu jantar. — Celine sorri.

— Não pode ser... — diz Apollo. Em seguida ele aproxima a mão da adaga, mas para no meio do caminho. — Isso...

— Vamos lá, toque! — diz Celine. Com as mãos trêmulas Apollo alcança e a segura. — Como sente?

— Fria.

— Você sente dor? — pergunta Celine.

— Não.

— Então você é um Glacinata.

— Não pode ser, isso é? — pergunta Apollo ainda incrédulo no que tem nas mãos.

— Gelo eterno. Inquebrável, imortal. — respondeu Celine.

— O que é isso? — perguntou Silêncio Sideral novamente impaciente.

— É um mineral extremamente raro, impossível de coletar, não impossível mas...o conhecimento se perdeu a eras atrás. É como um gelo que nunca derrete.

— Um gelo eterno — diz Celine — O que você tem em mãos, Messiano, é a Adaga de Boreas. — diz ela, por fim, e Apollo larga na mesa como se estivesse pegando fogo. Silêncio Sideral encosta no item e logo recua reclamando que queimou seu dedo.

— Não me diga que você...

— Celine da Alvorada, a seu dispor — ela diz, guardando de volta sua adaga. Apollo se levanta em um susto e reverência a moça, que apenas sorri.

— Apollo Augustus de Messina, essa é Silêncio Sideral e Kashmir. — as duas a cumprimentam novamente.

— Celine é a Altrum Dei de Boreas, a única sobrevivente. — diz Apollo.

— Altrum Dei de merda nenhuma. — diz Celine se sentando e bebendo seu vinho quente que acabara de chegar — Não adianta ser Altrum Dei, sem o "Dei".

— O que é um Altrum Dei? — pergunta Silêncio Sideral, e Celine cospe sua bebida.

— Gente, vocês são forasteiras mesmo!

— Altrum Dei é, de outrora, o guerreiro mais poderoso do reino. É o único capaz de proteger seu Deus ou assumir seu lugar. — explica Apollo. — Todo reino tem um. O único que não tem é Sophia.

— Porque executaram todos. Fanáticos! — diz Celine bebendo de novo seu vinho.

— É tipo um titã então? Só que em vez de destruir os deuses, ele os protege? — perguntou Silêncio Sideral.

— Mais ou menos. — diz Celine — Isso aconteceu milênios atrás. Eu não acredito muito nisso. Talvez minha primeira antepassada tenha sido essa guerreira. Minha mãe, certamente, era de grande reputação, mas não acho que alguém nasce pronto. Nós somos todos o conjunto de nossas experiências — diz Celine e ela nota que Kashmir sorriu, timidamente concordando.

— Você não nasce com grandeza, Celine da Alvorada, grandeza é imposta a você, não é mesmo? — diz Silêncio Sideral pegando Celine de surpresa — E você vai se erguer ao chamado. — Silêncio Sideral diz casualmente, Celine fica em silêncio.

— Não leve a mal, ela faz isso às vezes. — completa Apollo.

— Suas falas cortam fundo, garota. — diz Celine, sentindo um aperto no coração. Ela sentiu que, de alguma forma, já tinha ouvido algo assim antes, mas não conseguia lembrar quando, nem quem tinha falado. Nesse momento ela vê um funcionário do hotel passar por eles.

— Pode abrir três quartos. — ela diz — Sob meu nome mesmo.

— Certamente. — diz o funcionário.

— Nós fechamos o hotel pro duelo. — diz Celine — Não podemos correr o risco que alguém do grupo rival se aloje conosco.

— Não sei como agradecer. — diz Apollo — Mas... porque tamanha generosidade?

— Aparece no duelo amanhã e apoie Khan. Vai ser bom ter mais gente no nosso grupo, pra fazer volume na foto. — ela sorri — E eu também quero saber o que querem com meu guardião e o que sabem.

— Sid?

— Sim, eu tenho olhos em toda ADB. Você acha que eu não seria informada de um grupo de forasteiros procurando um membro de minha casa? — Celine termina seu vinho quente em uma só tragada — Até amanhã.

Silêncio Sideral demora a pegar no sono. Quando finalmente parece que seu descanso pleno teria início, um ruído pesado e violento, de algo saindo ao chão, a faz levantar-se num susto. Segundos depois, ela ouve Kashmir usar a chave que Silêncio Sideral lhe entregou e entra em seu quarto.

— Silêncio Sideral! — diz sua amiga. Em seguida Apollo entra, espada em mãos.

— Estamos sendo atacados. — ele diz, e logo ouvem gritos desesperados de uma mulher. Ela grita "Não! Não!" seguido daquele som que faz parecer que ela está sendo arrastada à força. Os olhos de Silêncio Sideral se enchem de lágrimas.

— O que está acontecendo? — ela diz. Os gritos desesperados da mulher continuavam rasgando os tímpanos dos três ali no quarto. Apollo entra no quarto e fecha a porta, observando pela fresta. Os gritos continuam, porém vão ficando mais distantes. Ninguém no hotel fez um movimento sequer.

— Eu não sei — ele diz, apreensivo. — Por um momento achei que fossem os homens de Messina ou mercenários procurando por nós.

Eles continuam no quarto esperando, talvez, que a comoção volte, ou que eles fossem procurados.

— Não é melhor sairmos daqui?

— Não — diz Kashmir, convicta, com suas enormes orelhas atentas. — Já saíram do hotel. Carregavam com eles Celine. São locais de Aldebaran: não falam como os Messianos.

— Você pegou tudo isso, nesses quarenta segundos, de um grupo seis andares abaixo? — pergunta Apolo.

— Achei que já tinha desistido de me subestimar, Messiano. — diz Kashmir.

Apolo sorri com o canto da boca.

O sol nasce e o hotel volta às suas atividades como se nada tivesse acontecido durante a noite. Os três descem até a área comum para tomar o café da manhã quando ouvem as novidades. Confirmava o que Kashmir ouviu durante a madrugada.

— Vocês estão para apoiar a família Golivera? — pergunta um rapaz moreno com roupas coloridas apertadas e óculos de sol.

— Khan. — diz Apollo. O rapaz dá risada e puxa uma cadeira e senta-se nela com o encosto para frente. Uma moça de mini blusa se aproxima, em seguida, juntando-se aos três.

— Eles não sabem? — diz ela.

— Não é mais o duelo dos irmãos. A família Golivera desafiou a Alvorada.

— Como assim? — pergunta Silêncio Sideral.

— O duelo não é entre irmãos e sim entre as família Alvorada e Golivera. — diz o rapaz, como se fosse óbvio. — Skysgard versus Gothengard

— Desde quando? — pergunta Apollo.

— Desde hoje de manhã, quando fizeram o anúncio oficial do duelo — diz o rapaz medindo eles de cima a baixo — Sabe, eu entendo como isso deve ser interessante para turistas, ou comerciantes... não sei. — ele mede os três de cima a baixo — É sempre excitante esses duelos, muitas surpresas. Vocês vão gostar, há de ser um grande show. Pela primeira vez vamos ver a Altrum Dei em ação, depois de décadas. — em seguida ele põe uma tabela na mesa. — Se o senhor quiser fazer uma aposta, ou as senhoritas. Podem falar comigo ou com minha prima aqui. — ele abaixa os óculos, mostrando que de fato ele não era Glacinata. Silêncio Sideral se levanta, Kashmir e Apollo a seguem.

— A mulher que gritou ontem... É a mesma moça que encontramos no bar. — diz Silêncio Sideral.

— Não podemos interferir. — diz Apollo.

Eles saem nas ruas, a fim de buscar informações sobre Sid. Eles seguem até a arena, onde disputas judiciais são feitas no estilo Glacinata e informações são mantidas.

O clima é diferente, está tudo quieto e as pessoas parecem menos animadas sob o ar pesado do dia do duelo.

— Sid Yemaya? — pergunta o escrivão. — Ele não está em Aldebaran. — diz o rapaz, parecendo triste. — Que os deuses o tragam a tempo.

— Pode nos dizer mais sobre ele? Precisamos encontrá-lo. — pergunta Apollo.

— Ele tem renome por aqui e é bem querido por todos. Sid viaja bastante, mas sempre pode ser encontrado na vila dos Golivera. Eles foram abrigados lá depois...depois do massacre do Forte. — diz o rapaz e Apollo suspira impaciente. — Vocês estão aqui para apoiar Celine? — pergunta o rapaz esperançoso.

— Não. — diz Apollo. — Precisamos apenas de Sid.

— Onde ela está? — pergunta Silêncio Sideral.

— Presa na arena. Ela deve duelar ao meio dia. — diz o rapaz.

— Porque ela foi presa?

— Ela recusou o duelo e foi levada. Eles vão pôr ela pra lutar sem uma comitiva. Quem poderia apoiá-la está em Gothengard, do outro lado do planeta. Jamais chegariam aqui a tempo. Ela está sozinha. Não será um duelo justo. Tiraram a honra da menina, fazendo parecer que ela não quer assumir seu papel, que ela não quer lutar, sendo que... ela veio apoiar o amigo.

— E o que aconteceu com o amigo dela? — perguntou Silêncio Sideral.

— Não o vi. Sabe, ficar aqui registrando tudo... escuto muita coisa. É muito triste termos chegado nesse ponto. — diz o rapaz. — Me avisem se tiver mais algo que eu possa fazer. Eu não posso apoiar ninguém nos duelos, mas se o Sid chegar ele certamente vai de encontro a sua protegida, na porta da arena. Ela deve aceitar o duelo ainda hoje.

Eles saem dali com um sentimento ruim no peito.

— Ela nos ajudou ontem, sem julgamento. — diz Kashmir.

— Ela não arriscou a vida dela em nos ajudar, porém nós arriscaremos a nossa se ajudarmos ela. — diz Apollo.

— Ela é importante. Ela é a nossa única conexão com Sid no momento. Estaríamos um passo à frente. Se, quando ele voltar, descobrir que ajudamos Celine, ou melhor, que a salvamos...

— Eu preciso ficar sozinho. — diz Apollo. — Fiquem nas proximidades. E, se perceberem alguma atividade suspeita por perto, me encontrem no hotel.

Kashmir e Silêncio Sideral vão até uma venda ali perto e compram roupas novas no estilo local para Silêncio Sideral. As peles que Netuno lhes deu não estavam mais dando conta do frio. Estranhamente, havia muitas roupas curtas nas lojas. "glacinati não sentem frio e quanto mais forte o Glacinata menos frio ele sente. Mostrar a pele por aqui é sinal de nobreza e força." — disse a mulher da venda ao notar o olhar confuso das duas. *"Por isso tanta gente de mangas curtas e mini blusa"* pensou ela. Silêncio Sideral se lembrou de Apollo andando com armadura e toga, braços e pernas de fora, e ele não reclamou do frio nem uma só vez. Essa era a diferença do DNA dele. Quando terminaram de se vestir, uma comoção tomou as ruas. A população de Aldebaran se reunia em frente a arena, todavia não pelo motivo da antecipação de um duelo e sim pela raiva. Silêncio Sideral e Kashmir se aproximaram sem conseguir enxergar muito bem o que acontecia. Os portões estavam fechados para evitar que a população entrasse. De um lado, Kaye e Khan com uma enorme comitiva de guerreiros e guerreiras. Do outro Celine. Sozinha, vestida em roupas simples, acorrentada. Era com isso que todos estavam revoltados. Celine não se mexia, ou olhava para ninguém: ela parecia apenas uma casca do indivíduo que era, já derrotada mesmo antes da luta.

— Eu declaro! — gritou um jovem na multidão. — Eu declaro aliança com Alvorada. Luca Vila-velha é meu nome — um menino magro, que acabara de chegar em sua forma adulta — Celine olha para o rapaz; o juiz do duelo abre uma fresta do portão e deixa aquele jovem entrar. Ele se posiciona ao lado de Celine. Logo mais entre os gritos de pessoas, uma mulher mais velha.

— Eu declaro para a Altrum Dei de Boreas! — diz ela, com uma cesta de balas caseiras, uma mera comerciante. Ela entra na arena.

— Eu me declaro! — dessa vez um homem. — Thuvo Boreanaz, de Sojan.

— Eu declaro aliança para Celine da Alvorada. — gritou mais alguém, e os gritos se reverberaram entre os cidadãos comuns.

— Não... — diz Celine — NÃO! — ela grita. — Vocês vão todos morrer! — ela grita, com lágrimas nos olhos. — Não façam isso, não sejam tolos! Voltem!

— Se perdermos nossos valores, perdemos quem somos. — diz Luca — Minha mãe serviu com a sua no exército, ela era lanceira de Boreas e pereceu junto a ela. Eu morro para proteger o que ela morreu protegendo.

— Se é assim que tem que ser, assim será. — disse Thuvo batendo nas costas do jovem Luca.

— Não vou deixar que morram. — ela diz — Já acabou...

— Eu me declaro! — diz outra pessoa, e o Juiz interfere.

— Tem muita gente se declarando! — diz o Juiz, vamos apenas entrar na arena e quem se declara senta na plateia. Quem não é Glacinata e não possui propriedade em Boreas não pode se declarar. — diz o juiz olhando para o mais humilde dos declarantes.

— Eu sou um pescador, senhor Juiz, eu tenho propriedade em Boreas e ela está nas docas, se quiser checar!

As portas da arena se abrem por completo. Os guardas vão pegar Celine, mas sua comitiva os impede. Todos os revoltados do lado de fora se preparam para entrar: — Vamos — diz Apollo, que aparece de repente pegando pelo braço de suas companheiras.

Eles entram e se sentam na plateia atrás do mezanino da comitiva. A comitiva de Celine é grande demais para caber no camarote. No camarote da família Golivera havia apenas uma pessoa: Peri terceiro herdeiro da família Golivera, um jovem esguio de cabelos negros escorridos, mas um poderoso guerreiro. Os irmãos Khan e Kaye não são vistos e o restante de seus guerreiros declarantes estão provavelmente se preparando para o duelo. Celine e seus primeiros declarantes não estão ali.

As portas de cada lado da arena se abrem, de um lado saem 5 homens fortes, nus da cintura para cima. A porta do outro lado da arena se abre e dela, à frente dos demais como um líder de pelotão, sai Luca Vila-velha, esmirrado, usando toda sua força para fingir não estar com medo diante do que irá acontecer. Logo atrás a mulher de meia idade, determinada, como quem defende a honra de uma filha. O pescador segue um pouco mais encorpado que Luca, e Thuvo, claramente um guerreiro de outrora, segurando a postura de um gladiador como seus rivais estações mais jovem que ele. A multidão grita enlouquecida em apoio ao grupo de deslocados que tem seu medo e timidez transmutados em coragem.

— Kashmir! — Apollo a chama — Você é tão boa em batalha quanto parece?

— Sou melhor — ela diz, e Apollo entrega a ela um papel.

— O que é isso?

— Um barco. — ele diz. — Usei todas as moedas de Netuno, lhe comprei uma propriedade em Aldebaran. — Kashmir sorri.

— Você é maluco mesmo, Messiano.

— Hoje sou Glacinata.

Apollo e Kashmir pulam da plateia direto para o grupo da comitiva humilde de Celine, preparados para a batalha corpo a corpo. A multidão, que parecia já ter atingido seu limite em volume, gritou ainda mais. Apollo bateu no peito duas vezes com o punho fechado, costume de Messina. Ele remove toda a armadura, Kashmir responde, removendo sua capa e ficando apenas com seu macacão de segunda pele, uniforme de Azincourt. Adornada com medalhas e insígnias de valor que apenas ela e Silêncio Sideral reconhecem; atrás, nas costas, o nome de sua honra "U.S.S Azincourt".

— Você conhece a história de Azincourt, Glacinata? — pergunta ela, enquanto o juiz discute a respeito da disparidade de números, já que Celine agora tem sete apoiadores versus cinco de Golivera. — Um exército de velhos soldados Ingleses e o rei estavam fazendo cerco quando foram surpreendidos por tropas inimigas. — conta Kashmir — Era pelo menos 10 para 1 no campo de batalha. Independente das chances, os Ingleses venceram e Azincourt ficou na história como o local em que esses guerreiros lutaram contra o próprio destino… e saíram vitoriosos. Eu fui feita em Azincourt e nem um dia se passou onde eu não mereci ser de lá. Hoje não vai ser diferente.

— Eu não duvido.

No final, um membro da comitiva de Celine é removidos à força. Ninguém queria sair, mas, por fim, ficaram a vendedora Elisa, Luca, o guerreiro aposentado Thuvo, Kashmir e Apollo.

O primeiro round é corpo a corpo, embora não seja menos mortal: o objetivo é sempre matar, apesar de nem sempre ser o caso. Apollo instrui Luca e Eliza a ficarem atrás deles; o velho guerreiro não parece precisar de ajuda: ele quer ir com tudo. O berrante do duelo é soado e os cinco guerreiros correm imediatamente para cima do grupo de Celine. Apollo e Thuvo seguram a linha de frente e

Kashmir se move tão rápido que nem Apollo a acompanha. Eles se trombam e Apollo leva um deles pro chão; era o plano dele. Antes do jovem Gideon ser colocado no time de luta marcial de Messina, Apollo representava sua nação e invicto ele saiu para sua missão. No chão, seu inimigo estava em seu território de domínio e, pela primeira vez, ele podia usar toda sua força, quebrar ossos sem esperar que pedissem misericórdia. Aqui não existia isso, na terra dos Glacinata não existia misericórdia e ninguém se rendia. Em uma série de movimentos, Apollo quebra um braço e o guerreiro grita, sem esperança de que o experiente Apollo fosse se contentar só com aquilo. Apollo quebra uma perna e o outro braço, optando entretanto por não quebrar-lhe o pescoço. Elisa e Luca estão apanhando de um dos guerreiros e o velho Thuvo segura outro. Kashmir anda até ele, como quem passeia em um mercado. E de zero para cem, sua velocidade impressionante a lança de encontro com o homem que estava ferindo Luca e Eliza, o arremessando a metros dali, como ela fizera com Apollo no calabouço. Apollo olha para trás, enquanto ele cuidava de um, Kashmir de fato, matou dois guerreiros. Torceu seus pescoços. A multidão em pé, gritando enlouquecida "Azincourt", lendo o nome atrás do uniforme da suposta amazona espacial. Celine está ganhando. A porta se abre e mais cinco saem.

— Quantos são? — pergunta Kashmir.

— Eles...eles tem 15 declarantes, senhora. — diz Luca tentando se levantar enquanto Apollo finaliza o último dos guerreiros do primeiro ciclo. Thuvo e Apollo se posicionavam enquanto os árbitros sinalizavam para os oficiais removerem os corpos, espólios do round anterior.

Dois guerreiros da casa Golivera se posicionam diante dos glacinati mais fracos. Kashmir se separa.

— Se eles forem espertos vão vir em mim dessa vez e não neles. — diz Kashmir. — Matei dois de seus amigos. — Ela sorri com o canto da boca.

Os olhos dela brilham; Apollo e Thuvo entendem a adrenalina da batalha, seus olhos também devem estar brilhando.

O grupo dessa vez tem duas mulheres e três homens.

— Kashmir, temos que segurar os quinze. Se o nosso grupo perder, o grupo que ficou na bancada de Celine terá problemas para sair com vida daqui. — diz Thuvo.

— Eu sei — Ela corre como um raio e salta em direção ao seu adversário, as pernas sendo utilizadas como uma marreta para contundi-lo de uma só vez. Foi, entretanto, interceptada por uma mulher que ali estava entre seus oponentes.

— Uma amazona... — diz ela com a voz arrastada ao se aproximar de Kashmir no chão. — Nunca achei que fosse quebrar uma Amazona na porrada.

— Você não vai — tão rápido quanto ela caiu, Kashmir investe contra a mulher que a provocava, utilizando o peso de seu corpo para derrubá-la, caindo sobre seu dorso e sua cabeça; ela mal pisara na arena e já estava caída no chão, com a cabeça virada ao contrário. Mais uma morte pra conta de Kashmir. Thuvo está segurando seu território; ele derruba um homem e ergue os braços, agitando a multidão. Alguns cochicham, impressionados com a mulher coelho e o Glacinata de toga, lutando daquela forma estranha, jogando homens no chão e os dobrando como papel. Eles são incríveis.

Kashmir corre para Thuvo antes que a mulher Glacinata de antes a alcance e o livra de um guerreiro que corre em encontro a ele. Thuvo grita e ri com a multidão, inflamado pelo combate. A Glacinata de antes é mais esperta. Percebendo que Kashmir quer ser perseguida a fim de proteger os mais fracos, ela se move de forma rápida e chega até a linha de trás. Apollo não pode fazer nada, pois está lutando com um dos guerreiros que faz de tudo para segurá-lo ali, naquele embate. A mulher bate com a cabeça de Eliza na parede da arena. Luca grita e se pendura no braço da Glacinata, mas ela é forte demais. Até Kashmir chegar, a mulher já havia batido pelo menos três vezes com a cabeça de Eliza na parede. Eliza cai no chão como um saco de roupas sujas. Kashmir pula na Glacinata, que a evita e vai direto em direção a Luca. O rapaz desviou, ele é pequeno, mas tem conhecimento de batalha. Kashmir a pega pelos cabelos antes que ela se vire e a joga no chão. A tenaz mulher se move e, com um jogo de pernas, lança Kashmir para o outro lado. Luca pula na mulher com seu corpo, a empurrando para perder o equilíbrio, sem sucesso. Ela sorri e caminha em direção ao menino. Thuvo corre até eles e bloqueia a investida da Glacinata com o próprio corpo. O velho guerreiro não quer demonstrar, mas a fadiga é real — uma fadiga que banha seu corpo e dores e gradativa exaustão. Kashmir dá um soco na cabeça da Glacinata e a derruba, sobe em cima dela e aperta seu pescoço. Ela agoniza, ela esperneia, e então cessa de se mexer. Kashmir olha para Thuvo, que está em pé ao seu lado, seu rosto estava sério.

— Que bom que luta ao meu lado, amazona — Ele diz, estendendo a mão a ela.

O portão se abre para o último grupo. Thuvo está mancando, Luca está com o rosto sangrando e segura o ombro, provavelmente deslocado; Eliza, morta. Kashmir e Apollo se entreolham. Apollo está com a boca sangrando. Ele cospe o sangue e bate no peito duas vezes com o punho fechado.

— Azincourt. — ele diz inspirado. Kashmir sorri e acena. Na platéia, Silêncio Sideral está debruçada, quase caindo na arena, olhos arregalados. Apollo nota que ela grita, mas entre todos os gritos ele não sabe o que ela está dizendo.

— Dessa vez nós corremos para investida. Eu continuo e vocês cortam. — diz Thuvo. De trás do portão saem mais 5 figuras enormes. Assim como o primeiro e segundo grupo, guerreiros bem treinados e orgulhosos, mas, por serem o terceiro e último grupo, eles não carregam consigo a mesma prepotência que os anteriores. Já estavam mais atentos e respeitavam devidamente o perigo que o grupo de Celine realmente representava.

— Se você se lançar sozinho... — diz Apollo — Você pode morrer.

— Não se vocês forem rápidos.

— Luca, me dá um pezinho. — diz Kashmir. Luca não entende, porém Kashmir explica rapidamente o que ela quis dizer e eles correm de encontro com o último grupo.

O grupo inimigo fica parado, esperando a colisão dos quatro malucos que correm até eles. A alguns passos da colisão, Luca para e se ajoelha; Kashmir usa o rapaz como apoio, pula nele e voa por cima do grupo. Surpresos com o truque, não percebem Apollo em investida pelo chão, com alta velocidade, imediatamente os derrubando como pinos de boliche. Em alguns movimentos, Kashmir quebra o pescoço de um; uma outra ao lado, uma mulher, também é finalizada rapidamente por Kashmir, vítima do ataque surpresa que bagunçou a formação de sua equipe. Do mezanino ela escuta gritos desesperados de um rapaz menor, olhos púrpura-esverdeado e cabelos ensebados negros. Parece uma versão pobre de Celine, ou de Apollo. Ele grita ofensas aos guerreiros ali, que caem um a um. Thuvo é impactado e não consegue mais levantar, segurando as costelas e se apoiando em um joelho. O duelo acabou pouco mais de alguns minutos depois e eles, o grupo de azincourt, são os vitoriosos.

A multidão parece que vai invadir a arena de tanto que vibra. Todos são guiados de volta aos portões. Quando entram, se encontram com Celine do outro lado da grade que separa a entrada da saída da arena. Ela está com uma trança negra em seus cabelos grossos até a cintura. Vestida apenas com trapos, braceletes, corpete de couro e sandálias até a canela. Seus guerreiros e ela se entreolham. Com um olhar a Apollo e Kashmir ela demonstra agradecimento triste. Seus olhos se enchem de lágrimas ao ver os demais serem carregados para dentro. Mas ela não demonstra tristeza; nesse momento Celine sente outra coisa. A conscientização de tudo que aconteceu com ela e de onde ela chegou. Celine está despertando.

Ela entra calmamente na arena. É a batalha das famílias; Celine não possui uma, então ela vai ter que lutar com cada um até chegar no desafiante. Lógico que o plano é que ela perca antes de chegar a isso.

Do outro lado sai Kalista, irmã de Khan. Uma mulher alguns anos mais velha que Celine, corpulenta e invejosa. Mesmo ela tendo tudo e Celine nada, Kalista nunca escondeu seu desdém. Celine sorriu.

— A Kalista? — ela diz para Peri, no mezanino, rindo — Não tinha ninguém melhor não?

Mesmo assim, e mesmo treinando e seguindo a tradição de Altrum Dei como Sid sempre fez questão de manter, Celine nunca havia lutado de verdade antes e eles sabiam disso. Ela lembrou de como Sid falava de sua mãe e repassava a ela tudo que ele aprendeu com a mulher guerreira, que foi sua mentora por boa parte de duas décadas. Será que eu estou pronta? Ela pensou. Então ela se lembrou de como Peri lhe disse com um sorrizinho nojento que Sid não viria. Seu sangue teria fervido de ódio, mas Celine é Glacinata. Seu sangue gelou, seu coração batia no ritmo certo, e ela pensava em tudo que perdeu, tudo que nunca teve. Celine ficou parada e Kalista veio até ela, mas foi simples e rápido. Celine nunca tinha lutado sério antes, mas também nunca tinha sido vista lutar e não sabiam o que esperar dela, nem ela mesma sabia. Celine percebia os golpes desferidos, mas os evitava facilmente, como se fizesse parte de uma dança coreografada entre as duas. Ela era mais rápida e mais disciplinada que Kalista. Ela era melhor que Kalista, muito melhor. Para sua surpresa ganhar de Kalista, que tentou a humilhar tantas vezes, foi tão fácil quanto lhe parecia em pensamentos. Logo ela estava batendo em Kalista. Em pé, segurando ela por um braço como uma boneca de pano, socando sua cara, de novo e de novo; uma pequena vingança bem aproveitada após tê-la cansado ao desviar de seus golpes extravagantes e emocionados. Kalista era um saco de osso no qual Celine continuava a bater: ela queria matar Kalista. A multidão gritava, mas ela não ouvia nada — somente seu próprio coração batendo com calma; e o barulho dos dentes de Kalista a engasgando. Ela largou a mulher no chão e disse a Peri.

— Próximo?

O portão se abriu para um primo distante, todos odiadores de Celine e Sid. Um a um ela foi destruindo cada membro da família Golivera, bastardo ou não. Violência vinha fácil pra ela, ela descobriu. E não se tratava do sentimento de prazer, mas de retribuição, justiça. Ela não dá a mínima para um duelo imbecil desses, ela não tem interesse em ser líder, ela não tem interesse em nada. Ela e sua família já pagaram caro demais por terem nascido onde nasceram. Celine já pagou caro demais por ser o que é. Agora ela pretende retribuir sendo *quem* ela é. As palavras da garota na taverna ecoavam em sua mente: a grandeza está sendo imposta a mim. Será esse meu momento? Uma mulher violenta, que não tem mais nada a perder. Após algumas rodadas, o portão está prestes a se abrir novamente quando Peri impaciente se levanta e lança na arena a adaga de Boreas que eles haviam confiscado antes do duelo. Celine sorri e pega a adaga. Peri pula do mezanino, ele é conhecido em toda terra por ser um mestre das lâminas. É pequeno, todavia o que lhe falta em tamanho tem de sobra em habilidade e mana. Ele pega duas lâminas que parecem duas hélices e as gira dando impulso, logo ele as solta, e as lâminas flutuam ao seu lado, girando em pleno ar acompanhando seus movimentos. As lâminas respondem a todos os pensamentos de Peri, assim como os mestres das lâminas fazem. Peri ri de forma sinistra, mas Celine está pronta pra ele também. Ter a mera oportunidade de fazê-lo pagar já é prêmio o suficiente. Apenas essa chance.

Peri corre até ela. Celine pega a adaga e a lança contra uma das lâminas, que cai longe de Peri; ele não consegue mais controlá-la com o pensamento, por aquele momento. Celine corre até ele, mas a segunda lâmina de Peri vem de encontro a ela; a glacinata bloqueia o braço que comandava a lâmina usando seu outro braço, entretanto Peri, que estava a par do contragolpe, comanda sua lâmina com maestria, que vem cortando pela cintura de Celine. Ela desvia do golpe horizontal por pouco, mas recebe cortes profundos enquanto mantém sob controle o outro braço dele. Em seguida, encaixa uma cabeçada na cara de Peri, que se afasta tonto. Ela o derruba no chão; e ele, sem equilíbrio, tenta desesperadamente chamar suas lâminas de volta sem sucesso. Celine está sorrindo; ela o arrasta por uma perna através da arena, como um saco de areia. Peri permanece indefeso, arranhando e tentando se segurar ao chão com a força que lhe resta. Celine chega na adaga de Boreas, levanta Peri pelos cabelos, e corta sua garganta como quem sacrifica um bode, automático e sem paixão.

A realidade começa a entrar de volta em primeiro plano. A multidão grita por Celine. Ela vê algumas faces em choque pela violência que testemunharam. Ela assassinou diversos membros da alta sociedade de Aldebaran, matou os membros da família mais influente, a família que a acolheu e depois a traiu.

— Khan! — ela grita. — Khan! TRAIDOR! — a multidão se cala, olhando para Celine, seu braço banhado com o sangue de seus inimigos, falanges em carne viva e torço sangrando. Ela sente o sangue gelado escorrendo pelas suas pernas.

— Eu vim aqui hoje para apoiar a união de Boreas, para me declarar a Khan Golivera, meu amigo de infância, meu herói. Mas tive minha privacidade invadida no meio da noite, levada a força de meus aposentos, despida de meus pertences e forçada numa cela suja, eu NUNCA fui chamada a um duelo! Eu fui traída e trazida para um teatro orquestrado pela família Golivera, arquitetado pelo bastardo que jaz aqui ensanguentado, aos meus pés. Eu encontrarei Khan. E todos os membros da família Golivera vão sofrer de uma forma que não estará à altura do que presenciaram nesta arena hoje. Ao menos, os que vieram à arena tiveram coragem de me odiar na cara. Os covardes, que não estão aqui, pagarão com juros.

A arena permanece em silêncio.

— Rainha! — diz uma voz ao fundo na multidão. Não como quem chama, ou clama, e sim como alguém que percebe. — É a rainha. — diz novamente, reconhecendo quem ali jaz em frente a eles.

— Rainha! — grita outra pessoa. Os chamados ecoam. — Rainha!

— A rainha voltou! — dizem os sussurros, e a palavra "rainha", que retorna em côro, eleva clamores ensurdecedores; a paixão de seu povo surpreende Celine. Um dos juízes na arena se ajoelha. No mezanino de seus declarantes, eles se ajoelham também, com prazer e devoção, o que vai se desencadeando como uma onda na enorme arena: todos estão se ajoelhando ante Celine. A rainha que retorna, Altrum Dei e protetora de Boreas até o dia em que a Deusa retornar, como diz as escrituras lendárias e a lei.

Já era noite quando a comoção em Aldebaran pareceu se acalmar. Apollo foi informado que Celine estava na cozinha da enorme vila dos Golivera. O lugar estava fortemente guardado por homens uniformizados. No lugar do brasão da família, porém, havia três riscos brancos. Havia também outros homens sem o uniforme, mas tão investidos em sua função quanto os que carregavam o brasão. Apollo, no entanto, era bem recebido por todos eles mesmo na companhia de Silêncio Sideral, cujo rosto ninguém conhecia. Os homens, apesar de manterem uma expressão austera, demonstravam simpatia e até mesmo recebeu-os com sorriso.

Ao entrar na cozinha, havia um grupo de pessoas ocupadas com diversas funções. Havia mais dois guardas do lado de dentro e Apollo logo reconheceu Thuvo, também ao lado da mesa onde se deitava Celine; Luca também estava lá. Apollo o reconheceu assim que ele se virou com um enorme sorriso. Celine segurava a mão do garoto enquanto uma mulher costurava o corte em sua cintura; era um corte feio e fundo. Celine estava pálida.

— Messiano! — ela diz e sorri tentando mascarar sua dor — Depois do que aconteceu na arena, gostaria muito de vê-los, agradecer formalmente pela ajuda. Pode dar seu preço que farei o possível, isso é, se você não quiser se juntar a nós.

— Onde está Kashmir, Apollo? — Perguntou Luca, com os olhos brilhantes; logo ele gemeu de dor, pois Celine levou mais um ponto em seu ferimento e apertou a mão do garoto com força.

— Calma, calma...falta pouco, menina. — disse a mulher que cuidava da ferida de Celine.

— Eu não preciso de nada material. Preciso de informação. — diz Apollo.

— Se eu souber, é sua. — diz Celine, se ajeitando na mesa para olhar melhor seu interlocutor. Celine, além de pálida, parecia cansada, mas sua expressão era alegre e simpática como no primeiro dia que ele a conheceu. Como uma mulher tão mortal e poderosa pode parecer ser tão calorosa e gentil?

— Precisamos conversar com seu guardião, Sid Yemaya. — diz Silêncio Sideral. A expressão de Celine muda imediatamente e ela volta a se deitar.

— Ah, eu temo que não vou poder lhe ajudar. — ela diz a eles meio fria, ausente.

— Sabe onde ele está? — perguntou Apollo, ao mesmo tempo ele viu Luca balançando a cabeça, indicando que esse assunto é delicado.

A mulher que cuida de Celine corta a linha e começa a cobrir a ferida, mas Celine não a deixa terminar: apenas segura o curativo e veste a parte de cima do seu vestido. Ela se senta na mesa e olha os dois nos olhos, ainda segurando seu ferimento, no vestido de trapos sujo e encharcado de sangue, dela e de seus inimigos.

— Eu não sei onde ele está — ela diz — Em algum lugar entre a Universidade de ADB e aqui. Eu fui informada antes de ser desafiada pro duelo que ele havia se "acidentado", mas após a revolta um dos soldados dos Golivera, que participou da tocaia, confessou que foi um blefe. Me diga o que precisava de Sid e talvez eu possa ajudar.

— Precisamos de informação sobre passagens, sobre os portais dos Deuses. — Os olhos de Celine brilham ao ouvir a palavra e ela sorri como se lembrando de algo.

— Sid é obcecado com essas coisas. Ele insiste que os portões tinham algo haver com o massacre da minha família. — Ela se levantou e pegou um diário com capa de couro do balcão à frente; andou com dificuldade até Apollo. —Esse é o diário de suas pesquisas e expedições e está quase finalizado. Ele deixou pra trás. — ela ofereceu o diário a Apollo, mas quem pegou foi Silêncio Sideral. O diário estava sujo de sangue, uma imagem realmente triste — É a única pista que eu tenho do paradeiro dele.

— Obrigada, de qualquer forma. — diz Silêncio Sideral.

—Ele estava investigando os desaparecimentos que ocorrem em Gottengard, mas não tenho ideia de onde ele e o grupo da expedição possam ter ido. Ele saiu tão de repente… — ela se levanta

— E seus traidores?

— Fugiram, mas não por muito tempo. Vou me lavar. Vocês podem ficar aqui, ou no hotel...você e a amazona são heróis agora, não há estabelecimento que fechará as portas a vocês. Vamos marchar para Gothengard na próxima lua e você tem até lá para decidir se se junta a nós ou não. Serão sempre bem vindos em minha comitiva. — Celine põe a mão no ombro de Apollo e sai da sala, seguida de todos. A única que fica pra trás é a mulher que tratou dos ferimentos.

— Precisa de algo, rapaz? — diz a mulher, vendo Apollo e seus hematomas.

— Talvez gelo para os hematomas. — diz Silêncio Sideral. A mulher olha para Silêncio Sideral como se ela fosse a pessoa mais burra que ela já viu.

— Gelo? — Apollo diz e sorri. Silêncio Sideral sempre esquece que Apollo é de uma espécie diferente da dela. Que agora ele está com as pessoas de sua tribo, embora pareça tão estrangeiro e deslocado ainda.

Eles encontram Kashmir nas docas de Aldebaran; ela estava cercada de pessoas, pessoas que lhe apertavam as mãos em cumprimentos efusivos e admiração; conversando, elogiando, buscando o contato com aquela nova heroína que despontara naquelas terras geladas. Ela sorria, não parecia desconfortável, mas de longe parecia uma situação fora de controle. Quando Silêncio Sideral e Apollo se aproximaram, as pessoas se viraram para ele; como se Silêncio Sideral não existisse, eles foram cumprimentá-lo, elogiá-lo, num mesmo tratamento admirado e respeitoso dispensado a Kashmir.

— Pensa pelo lado bom, Silêncio Sideral: agora ninguém vai desconfiar que você é quem você é. — diz Kashmir ao entrarem no barco velho que Apollo a presenteou antes de pularem na arena.

— Melhor não usarmos mais esse nome, Kashmir. — diz ela.

— Força do hábito. — ela responde, no mesmo momento Apollo entra no barco. — O que achou do barco? — ele diz.

— É um barco ótimo. Mas não faz eu gostar mais de você, não importa quantos presente me dê. — responde Kashmir.

— Você conseguiu noticias de Messina, Kash? — pergunta Apollo.

— Infelizmente.

— O que foi?

— Na noite em que resgatamos Silencio Sideral, aquelas explosões foram um ataque assim como suspeitou. Oa aposentos reais foram o alvo. O Rei e seu Altrum faleceram.

— E os jovens? O príncipe e a princesa?

— Vivos. Há muitos boatos sobre você, se retornou mesmo, se morreu no ataque...se foi o responsável...

— Não vou me esconder.

— Cedo ou tarde o alvo vai voltar a ser você, Apollo — diz Kashmir.

— O rei fez suas próprias escolhas e está na hora de eu fazer as minhas.

— Eu voto para seguirmos com a comitiva de Celine e tentarmos achar Sid. Caso não dê certo usamos o portal para ir para uma terra onde podemos ter acesso a uma nave sem maiores problemas.

— Precisamos de recursos para pegar uma nave, Sid iria nos ajudar com isso e a usar o portal além mundo. O único lugar com esse tipo de recurso, sem ser aqui, com nossas conexões, seria Pol. Lá você compra qualquer coisa de qualquer região de Orácula. — diz Apollo enquanto olha para Kashmir — Em Pol você seria muito útil.

— O que quer dizer com isso?

— Pol é a terra natal das Amazonas.

— No calabouço... — diz Kashmir hesitante — Eu vi um como eu, um homem. — lembrou ela.

— Sim.

— Eu nunca vi um antes.

— Eles são mais raros, mas existem; ficam, geralmente, na Guilda dos Mercantes. Eles têm um acordo com as Amazonas. Os mercantes adotam os meninos da tribo enquanto as amazonas aceitam apenas mulheres em sua sociedade. — Explicou Apollo, mas antes que ele pudesse continuar Silêncio Sideral falou.

— Quanto tempo é um ciclo? — perguntou Silêncio Sideral enquanto folheava o diário de Sid.

— Três meses terrestres. — respondeu Kashmir se virando para ela. — É o tempo de Alexandria. Assim como usamos a contagem do tempo terrestre nos demais planetas do nosso sistema solar, em Orácula todos se orientam pelo tempo de Alexandria.

— Então a primeira entrada deste diário foi a apenas seis meses atrás. — diz Silêncio Sideral. — Apenas poucas páginas não foram usadas.

Apollo anda até ela e pega o diário folheando-o também. — Você achou algo sobre o que procuramos?

— Ele fala sobre uma "fenda". — diz ela — Parece obcecado com essa fenda. Aparentemente foi o motivo dele ter ido até a universidade, mas não tem nada além disso; apenas estimativas.

— Aqui! — aponta Apollo, mostrando a Kashmir e Silêncio Sideral como em uma das entradas tem um mapa desenhado a mão com exímia habilidade. — Kashmir, você tem o mapa de Boreas em seu datapad? — Kashmir puxa seu datapad e começa a buscar. Apollo aponta para um símbolo. — Esse é o símbolo que usamos em mapas de outrora. É o símbolo para portais. — o símbolo está no meio do nada.

— Certamente não é o de Aldebaran. — diz Silêncio Sideral, curiosa.

Kashmir mostra o mapa de Bóreas após projetá-lo na parede da cabine do pequeno barco. Apollo posiciona o mapa do diário em cima e Kashmir efetua uma busca de padrões. Eles encontram o território correspondente. — Nos Glaciais de Gothergard. — diz Apollo — Lá é terra de ninguém. Inóspito, apenas glacinato conseguem sobreviver por ali.

— Sid acreditava que a fenda estava próxima ao portal — diz Silêncio Sideral — Por isso ele assim demarcou. Se está no mapa tão casualmente… deve ser algo de conhecimento comum aos glacinati. Não?

— É provável, mas nós só conhecemos uma pessoa que veio de Gothengard e ela está voltando para lá em breve. — disse Apollo por fim.

No dia seguinte, Silêncio Sideral acordou com o cheiro de comida natural. Nada daquela comida impressa de Azincourt. Ela não se lembrava de como era até chegar em Boreas. De como a comida feita com ingredientes de verdade era diferente, mesmo sendo a mesma composição nutricional da comida impressa.

— Dormiu pesado. — disse Kashmir sorrindo. — Passou a noite toda escrevendo? — ela perguntou e apontou pro diário de Sid aberto no peito de Silêncio Sideral.

— Você acha que é uma violação eu escrever no diário de outra pessoa?

— Ele não vai usar mais. — disse Kashmir — Você pensa demais às vezes.

— Onde está Apollo?

— Foi ter com Celine — ela disse, se sentando ao lado de Silêncio Sideral com uma bandeja de pães recém retirados do forno, sopa e peixe assado.

— Se meu plano tivesse dado certo a gente já teria se livrado dele faz tempo.

— Celine quer recrutar vocês dois pro exército dela. — diz Silêncio Sideral.

— Eu também ia querer recrutar a gente se eu fosse ela, mas não é assim que funciona. — respondeu Kashmir comendo o peixe primeiro.

— Você fala, mas também gosta dele. Eu vi como vocês lutaram na arena. — disse Silêncio Sideral sorrindo e partindo um pedaço de pão com as mãos. Kashmir sorriu de volta.

— Apollo é complicado. Ele insiste em me chamar de Kash — as duas riem juntas — Minha tolerância é maior, mas não infinita.

Mais tarde, Kashmir e Silêncio Sideral decidem retornar ao hotel. O barco não aquecia o suficiente para elas e a novidade já havia se desgastado após a primeira noite tremendo de frio, flutuando na doca. O cheiro de peixe na manhã não ajudou também. De volta em seus respectivos quartos, Silêncio Sideral ouve uma batida em sua porta. Era Apollo.

— Eu conversei com Celine — disse Apollo — e você estava certa. O portal dos deuses é de conhecimento comum dos glacinati de Gothengard.

— Ótimo, então já sabemos para onde ir. — diz Silêncio Sideral sorrindo — Podemos partir logo pela manhã — Silêncio Sideral projeta o mapa na parede como Kashmir fez mais cedo. — Se fizermos paradas conseguimos evitar viajar a noite.

— Não. — diz Apollo — Nós iremos com a comitiva de Celine.

— Como assim? — diz Silêncio Sideral — Você se juntou a armada dela?

— Claro que não. — ele responde — Eu expliquei a ela onde quero chegar e acontece que ela também vai pro mesmo lugar buscar pelo seu guardião. Ela já enviou uma mensagem e vai reunir suas tropas em Gothengard a alguns quilômetros dali. Tudo se encaixa perfeitamente.

— Eu entendo, mas acho prudente não ficarmos próximos demais dela.

— Como não?

— Você não viu o que eu vi naquele dia. O que ela fez naquela arena.

— Eu não precisei ver, Silêncio Sideral. Eu também cometi barbáries no mesmo palco. Se assassinato é algo que lhe causa desconforto, eu e sua querida Kashmir também não merecemos sua companhia nesta jornada.

— Vocês mataram para proteger alguém. Ela usou sua influência no povo de Aldebaran para promover o linchamento de seus amigos de infância. Ela dizimou a família que a acolheu e a criou, de forma simples e deliberada, em um só dia.

— Eles a trairam primeiro. Por mais frustrante que isso seja, dá pra entender de onde vem sua revolta.

— Eu sei... — diz Silêncio Sideral — Mas, por favor, confie no que eu digo. Eu não tenho uma boa impressão, Apollo. Por que não confia?

— Eu confio em você mais do que você imagina — ele diz e põe a mão no bolso — Mas, mesmo confiando, é o único jeito da gente chegar lá em segurança.

Silêncio Sideral não diz nada.

— Ok — continua Apollo e se senta na cama — vamos fazer da seguinte forma: quando Kashmir chegar ela vai decidir se nós seguimos, ok?

Silêncio Sideral sorriu — Ok.

Quando Kashmir chegou, no entanto, Apollo não precisou explicar tudo.

— Eu acabei de vender o barco. — disse Kashmir colocando um saco de dinheiro na mesa. — É interessante ver que o povo daqui ainda usa dinheiro físico. Agora temos recursos para nossa jornada — Em seguida, ela jogou um pacote na cama ao lado de Silêncio Sideral. Sisi abriu o pacote e era um diário com capa de couro, muito semelhante ao antigo diário de Sid — Pra você não ter que escrever no diário de outra pessoa.

Nessa noite, Silêncio Sideral adormeceu preocupada e, quando finalmente se aprofundou em sono, sentiu como se ainda estivesse na cela fria de Messina, ouvindo a respiração calma e rítmica de seus dois companheiros silenciosos. Ela não conseguia evitar esse sentimento de estar em um lugar, não estranho, mas sim errado. "Esse lugar está errado, e eu não deveria estar nele"; algo que ela achava incrivelmente difícil de pôr em palavras, embora fosse tão claro de se perceber e sentir.

Chegando no ponto de encontro, Silêncio Sideral ficou surpresa de ver que Celine também havia pedido para que fizessem preparativos para eles. Um trenó e um traje térmico para Kashmir e Silêncio Sideral. Tudo que eles poderiam precisar.

Celine estava montada em um touro enorme e peludo. Parecia um cachorro gigante.

— O nome dele é Willian — disse Celine, sorrindo ao notar que Silêncio Sideral estava o encarando. — Pode pôr a mão, ele está comigo desde criança. Eu vi Willian nascer.

Silêncio Sideral colocou a mão na enorme besta para sentir seu pelo longo e macio. Ela sorriu e olhou para Celine, majestosa em seu touro gigante. Ela não usava armadura completa, mas apenas ombreiras adornadas, um escudo de madeira preso a suas costas com uma fita de couro, sua enorme trança negra e farta, caída de um lado; e ela cobria o resto de seu torso com uma capa grossa aveludada, tão vermelha que parecia sangue abraçando seu corpo. Por baixo daquilo ela podia muito bem estar com os trapos de antes. Pernas e braços de fora, assim como Apollo. Sem se queixar do frio, enquanto que Silêncio Sideral tremia dos pés à cabeça.

— Eu gosto disso — diz Celine, apontando para o laço vermelho nos cabelos de Silêncio Sideral. — As cores da minha família. — ela mostra sua capa.

Segundos após, subitamente, se aproxima Apollo, montado em outro touro parecido com o de Celine. Celine aplaude e Apollo sorri.

— Um verdadeiro glacinata! — ela diz

— Vocês três não conhecem a personalidade de Boreas ainda. Se mantenham no centro da comitiva, ok? É fácil se perder em um grupo grande como o nosso — e, após esse pequeno conselho, a glacinata saiu.

Apollo deu um olhar significativo para Silêncio Sideral enquanto ela se arrumava no trenó. — Que mulher terrível...nos ajuda e nos dá tudo que precisamos. — ele disse sarcasticamente. Silêncio Sideral o remedou e ele riu.

No grupo tinha muita gente. Silêncio Sideral não soube contar, pois raramente ela viu um grupo assim e espalhado como estava. Ela, entretanto, pôde deduzir que tinha pelo menos dez mil pessoas juntas. Havia todo tipo de gente, desde crianças, adultos, famílias carregando tudo que tinham, velhos. Soldados jovens e veteranos, mulheres guerreiras, vendedores de artigos diversos e até mesmo animais. Haviam muitos trenós como o dela, que flutuavam sobre a neve; haviam outros trenós flutuantes também, mas que eram puxados por cães, ou touros, como o de Celine, porém menores.

— Isso lembra o caminho da rainha de outrora, não? — disse um senhor. Quando nenhum deles concordou, ele usou a deixa para continuar — É muito perigoso viajar por Boreas sozinho. Todo ano a rainha patrulhava pelo caminho, viajando com suas tropas do coração de Fröge até a ADB, circulando pelos vilarejos como numa espiral pelo nosso território, indo até o centro e voltando. A família real viajava, escoltava, distribuía recursos e cuidava do povo.

— Ela não ficava no castelo? — perguntou Silêncio Sideral.

— Nunca! — diz o homem — O dever fala mais alto no sangue dos glacinati. A rainha deve proteger seu povo e zelar por ele; Maeva fazia isso. — seu olhar pareceu vazio. — Bom, mas é claro, ela tem castelos e fortes por toda a terra, eles faziam paradas neles e seu forte em Fröge é o maior já visto. A família real e toda a Vila de Boreas se abrigavam lá na longa noite.

— Longa noite?

— Todo ano...nunca ouviu falar da longa noite? — ele disse e bateu na perna, animado de ter encontrado uma audiência para compartilhar suas histórias. — Todo ano, no solstício de inverno, passamos por um período de uma noite que demora. Antes da longa noite chegar, a rainha viaja e todos coletamos provisões e compartilhamos com o próximo, sem falar nos sete banquetes... E ao primeiro nascer do sol após isso…

— Mais banquetes? — pergunta Kashmir, nada impressionada.

— Exatamente! — o velho ri.

A primeira parte da viagem continuou assim: o velho Helki, ela veio descobrir, passou boa parte do caminho contando histórias até que membros da família dele vieram buscá-lo. Os três forasteiros acabaram acampando junto com a família e as noites não eram frias como Silêncio Sideral imaginou que seriam. O povo de Bóreas era diferente, caloroso, gentil. Sob o calor da mesma fogueira, a filha de Helki encheu o tigela de sopa de Silêncio Sideral e de suas filhas igualmente; e quando beijou a cabeça de suas filhas, ela beijou a cabeça de Sisi também e sorriu. Silêncio Sideral se sentiu estranha, ela não sabia por que, mas ao ver Apollo sorrindo, todos conversando amigavelmente, Kashmir dividindo os pedaços de carne de sua sopa com o cachorro do trenó e a barulheira acalentadora da família, teve vontade de chorar. Ela lembrou do fim do dia de trabalho, nas docas de Azincourt, quando ela e os engenheiros se sentavam e comiam o grude que saía da impressora da engenharia. Quando foi que ela se convenceu de que nunca testemunharia uma cena assim novamente? Quando foi que ela se convenceu que não existia mais bondade no mundo?

Naquela noite ela se sentiu inspirada e, em sua tenda, se colocou a escrever novamente.

— O que você tanto escreve? — perguntou Kashmir, enquanto Silêncio Sideral relia seus rabiscos no dia seguinte.

— É uma história. — Diz Silêncio Sideral — Sobre uma menina não muito diferente de mim. Ela sente que tem um vazio dentro dela, ou talvez no mundo, e quando ela encontrar seu lugar certo, finalmente tudo vai fazer sentido.

Os dias iam se passando e aquilo tudo já não parecia mais uma viagem: se mover ao dia e descansar a noite se tornou uma segunda natureza. Alguns grupos se separavam, iam caçar, ou trocar com outros pequenos grupos da comitiva. Batedores iam e vinham pelas laterais do enorme grupo. Todos se ajudavam com cautela e atenção. Ali não tinha lugar para egoísmo e, em pouco tempo, mesmo com o frio, Silêncio Sideral se pegou assumindo suas antigas funções, prevendo possíveis problemas, catalogando padrões de consumo, começando a fazer diferença na organização da comitiva. Era, de fato, como uma enorme nave. Apesar de ser estrangeira e desconhecida, ninguém ofereceu resistência às suas ideias. Eles viam uma pessoa disposta a ajudar, ou precisando de ajuda e faziam o que podiam para resolver.

— Controle sua amiga. Daqui a pouco ela vai começar a ganhar salário por tudo que está fazendo. — disse Apollo, brincando com Kashmir.

Não muito tempo depois disso, Silêncio Sideral caiu doente. Febril, delirante e sem forças, ela foi colocada sob os cuidados de uma mestra. Mestre é como chamam qualquer nativo de Bóreas que cuida da saúde das pessoas. Em Boreas existem duas categorias de pessoas que são reverenciadas e protegidas da guerra: os Mestres e os Fabros. Pessoas que cuidam de pessoas e pessoas que criam arte e constroem coisas. Dessa vez, a mestra não soube dizer ao certo o que era. — Doença da alma. Estamos chegando perto da ponte dos gritos. — disse ela — Pessoas de fora não recebem bem o que tem por lá. O gelo eterno testa quem chega.

Silêncio Sideral voltou a si logo que chegaram na ponte. A ponte era algo impossível de ignorar, como a febre delirante de momentos anteriores. Era uma ponte enorme, e forte, inteiramente feita de gelo, com estátuas de monstros e criaturas que ela não reconhecia. Uma obra de arte amedrontadora, que certamente não foi feita por mãos humanas. Sob a ponte, um imenso abismo de gelo. Ao olhar para baixo, mesmo com seu traje térmico e touca, ela sentiu gelar sua espinha, e pôde avistar também resquícios de uma civilização que já viveu ali.

— Que lugar é esse? — ela gritou por sobre os assovios dos ventos que viajavam e batiam nas paredes do enorme precipício.

— Ninguém sabe, ninguém ousou descer pra ver. — Diz um viajante, que também observava.

— Eu entendo o porquê do nome, pelo menos. — diz Silêncio Sideral sorrindo.

— Tem gente que conta que ouviu vozes perdidas pelo abismo. Gritos de glacinati que pereceram em batalhas passadas — continuou o viajante — Antes disso, era conhecida como a ponte da morte. É essa ponte que separa Skysgard de Gothengard. — ele removeu a pele que protegia dos ventos. O rapaz era negro como ébano, olhos negros e feições fortes. Ele estendeu a mão e disse — Meu nome é Módimo Uzê. Sou de Sophia, um mero historiador. — Silêncio Sideral se identificou e apertou a mão dele sob luvas grossas.

— Porque viaja com Celine? — perguntou ela.

— Sempre quis visitar Gothengard. É o lugar mais cheio de mistérios que alguém pode imaginar. É raro alguém de fora ter esse privilégio! Se seguirmos o caminho que Celine declarou, passaremos por diversos pontos históricos, começando aqui pela ponte dos gritos. Mausoléus, castelos e por fim o Forte Fröge, onde a família real pereceu. Ninguém teve coragem de pisar lá até hoje, dizem ser mal assombrado também, assim como essa ponte. — Silêncio Sideral riu e Módimo também. — Uma cética como eu. — ele disse, feliz ao reconhecer o tom de deboche. — O povo de Boreas é mais simples, mais supersticioso. Celine é diferente; ela está determinada a entrar no forte e recuperar a coroa e as armas de gelo verdadeiro que foram perdidas. Com fantasma ou sem fantasma.

— E o portão dos deuses? — pergunta Silêncio Sideral.

— É próximo a Fröge, num bom tempo dá para ir de trenó em algumas horas; andando é mais complicado. Porém não é uma boa ideia tentar usar esses portais antigos. Teve gente que passou e nunca mais voltou… exércitos inteiros, mas são apenas teorias…

Assim que passaram pela ponte o tempo ficou mais difícil e a caminhada mais silenciosa. Ao cair da noite o vento começou a ruir e Silêncio Sideral ouviu de algumas pessoas que isso não era normal tão cedo na primavera em Gothengard. Silêncio Sideral continuava a tentar escrever, mas ela estava travada e a cada dia que se passava, sentia-se mais angustiada.

Um dos dias, após a caminhada pela ponte, o céu se abriu e houve uma comoção mais à frente da comitiva. Apollo veio correndo em seu touro até Silêncio Sideral e estendeu a mão: — Venha! — ele disse sorrindo — Você precisa ver isso!

Silêncio Sideral deu a mão a ele, com facilidade ele a puxou para seu touro se sentando na frente de Apollo; segurando fortemente nos pelos, ele galopou com ela até a beira de um canal de água, onde diversos viajantes riam e aplaudiam. Uma borrifada de água desenhava um arco contra o céu gelado e mais aplausos irromperam entre as gotículas.

— Olhe! — ele disse quando chegaram mais perto.

No canal, onde todos observavam, havia, pelo que Silêncio Sideral pode contar, uma família de cinco baleias que ora se revelavam entre os destroços de gelo, ora sumiam, brincalhonas, no espelho da água. Elas pareciam festejar tanto quanto os glacinati que ali as agraciaram, fazendo bagunça, jogando água e cantando para sua platéia.

— Celine me disse que é de bom agouro ver uma baleia na viagem. — disse Apollo — Ainda mais tantas assim.

Após isso, os dias de viagem se seguiram em paz, as noites eram estreladas e calmas. Com o tempo, no entanto, chegou a Apollo boatos, ainda não confirmados, de pessoas que simplesmente... desapareceram. Pessoas que, na noite anterior, deitaram em seus leitos para, no primeiro clarear gélido do dia seguinte, não estarem mais lá.

— Dentes-de-sabre — deduziu alguém que Apollo veio descobrir era o guarda-caças de Celine, o cuidador dos animais de sua comitiva. Era apenas dedução; naquela noite cinco pessoas desapareceram. O guarda-caças e um grupo de voluntários, então, partiram para buscar mais pistas do que poderia estar seguindo o grande grupo. Eles nunca retornaram. Apollo não se preocupou muito com suas companheiras, Kashmir tinha a melhor audição que ele já viu em uma pessoa, e ela poderia certamente ouvir a criatura mais silenciosa se aproximando a metros de distância. Ainda assim, ele não deixava de passar as noites próximo a elas e os dias patrulhava pelo grupo em busca de novas informações.

Logo, mais pessoas desapareceram, e o grupo foi tomado por pânico e paranoia no grupo de viajantes. O número já era tão alto quanto 154 desaparecidos. Nada de gritos a noite, nada de sangue ou pegadas. Apenas desapareciam velhos, crianças, soldados e até mesmo caçadores experientes. Seja lá o que estivesse os atacando, não fazia distinção e parecia não se importar.

Com a paranoia e o pânico, vieram boatos de que era alguém de dentro do grupo, que não era trabalho de animal ou besta e, sim, de alguém entre eles. Com os boatos, vieram suspeitas, de alguém em um sono febril falando incessantemente sobre o perigo iminente, sobre a morte. Não demorou muito para que esses boatos chegassem até Celine. Eles estavam prestes a atravessar a floresta morta, mais um local famosamente mal assombrado de Gothengard e muitos dos viajantes estavam determinados a não fazer a travessia se o mistério dos desaparecimentos não fosse revelado de uma vez por todas. Apollo, com isso, resolveu ter com Celine mais uma vez, para tentar entender se havia algo que ele pudesse fazer para ajudar a resolver esse problema, na intenção, principalmente, de que não se adiasse mais a travessia. Era tarde, no entanto: — Já encontramos quem foi. Certamente a pessoa se declarou quando estava doente. Celine foi resolver.

Apollo não duvidava da bondade de Celine, mas, mais do que isso, ele não duvidava também de sua capacidade para a violência e de como ela "resolvia" coisas. Apollo sabia também que, em seu sono febril, a pessoa que falou de perigo iminente, morte e violência, foi Silêncio Sideral.

Seu touro correu mais rápido do que ele pensou que fosse capaz, mas não rápido o suficiente. Quando Apollo chegou na área do acampamento em que se encontrava suas companheiras, ele viu Kashmir em frente à Silêncio Sideral segurando um pedaço de pau que antes ela usara para caminhar na neve; Silêncio Sideral, ajoelhada no chão atrás dela, com a mão no braço, gemendo de dor, e a família de Helki em volta do trenó, temendo por Silêncio Sideral, aparentemente com medo de se aproximar e tentar ajudar.

— Vamos Azincourt, admita! — disse um soldado de Celine, ele também segurava o braço com dor; deve ter levado uma surra de vara.

— O que está acontecendo aqui? — diz Apollo, antes mesmo de poder pensar.

— A garota disse, em seu sono febril, sobre tragédias iminentes, desaparecimentos, mortes... — disse um dos cidadãos ali, esperando para que a justiça fosse servida.

— Você? — exclama Celine, vendo Silêncio Sideral no chão. — Como ela sabia disso Apollo? — perguntou Celine, desconfiada.

— Ela também falou de pedras gigantes chovendo do céu e a cor vermelha em tudo que ela olhava. — disse Helki — Não tem pedra nenhuma chovendo do céu, ou tem? — ele abre os braços e olha em volta, como quem busca por pedras caindo do céu.

— Ela estava delirando, seu velho! — disse o mesmo homem de antes.

— Por delírio você condena uma moça pelo que quer acreditar e ignora o que não lhe serve?

— Isso é um grande engano. — diz Apollo, mas ao mesmo tempo ele saca sua espada e vai para o lado de Kashmir. — Celine, eu insisto uma audiência a sós ou, eu te juro, morreremos aqui, mas não antes de eu fatiar por metade a sua comitiva. — essa fala quase fez com que os soldados se lançassem a ele por conta própria, só eles viram, e não foram capazes de esquecer, o que os dois fizeram, sem armas, na arena e tiveram um breve pressentimento do que Kashmir era capaz de fazer com um pedaço de pau e não quiseram pagar pra ver.

— Dado o clima, não acho que poderei dispensar esse pessoal antes de ter resolvido isso de uma vez por todas. — ela disse. A vontade de dar uma chance a eles diminuía em proporção com a vontade que ela tinha de limpar seus obstáculos e seguir com sua jornada, que aumentava.

— Não pode ou não quer? — perguntou Silêncio Sideral, se levantando.

— Eu só quero proteger meu povo. — diz Celine

— Deixe-nos ir. — diz Kashmir.

— Pra você continuar roubando glacinati e devorando a gente no meio da madrugada? — diz o mesmo homem de antes. Kashmir revira os olhos; agora eles acham que ela come glacinati. Todos começam a falar ao mesmo tempo, alguns a favor, outros contra. Celine só observa, quieta. Ela e Silêncio Sideral olhando fixamente uma para outra.

— CHEGA! — grita Apollo e sua voz cai como um trovão, trazendo silêncio ao grupo como o comando de sua própria rainha. Celine e Silêncio Sideral também param e olham para ele — A sós — diz Celine, e os três seguem metros dali a céu aberto. Não longe a ponto de não poderem ser vistos, mas definitivamente o bastante para que ninguém os pudesse ouvir.

— Celine, ela é a profetiza das ondas de rádio. — diz Apollo e o silêncio continuou.

— Mas Silêncio Sideral...digo, o profeta, ela foi capturada, está em Messina, está em todas as notícias.

— Bom, eu a libertei. — ele diz e Kashmir limpa a garganta — Eu e Kashmir. Foi o que nos trouxe a Boreas para começar.

— Prova! — diz Celine então, determinada e sem paciência. Apollo tira do bolso o comunicador que ele vem carregando consigo como um amuleto e o arremessa a ela.

— Se não fosse real, como eu teria isso? — Celine analisa o pequeno transmissor; era algo simples e nada como a tecnologia que eles conheciam, era arcaico e ainda assim incrivelmente engenhoso. O objeto, pequeno e negro, tem um visor retangular miúdo, mas com ótima definição, um botão circular que gira para qualquer lado e que também pode ser pressionado. Celine não sabe operar o dispositivo e apenas aperta o botão; algo aleatório começa a mostrar ondas sonoras no pequeno visor. Ela o posiciona próximo ao seu ouvido, mas apenas Celine consegue ouvir com clareza. Ela sorri com o canto da boca ao ouvir a menor frase.

— É ela...é a mesma voz. — ela olha para Silêncio Sideral novamente, com novos olhos — Esse...é o original?

— Original e inédito. — diz Apollo.

Apollo olha para Silêncio Sideral e percebe que ela está vermelha, obviamente com raiva. Seus olhos cheios de lágrimas. Ele a expôs, mas não tinha outro jeito. Quando Apollo olhou para Kashmir percebeu que ambos compartilhavam da mesma preocupação. Os três sabiam que não tinha mais volta.

Com um meneio da cabeça, os soldados de Celine guardam suas armas e Kashmir e Apollo fazem o mesmo. É como se um véu de tensão nublado fosse deixando o local vagarosamente. Celine caminha até Apollo e coloca nas mãos dele o comunicador. — Todo estado ateu deve estar dando tudo que tem e o que não tem para te encontrar. — diz Celine a Silêncio Sideral — Você viaja sob minha proteção, tanto quanto a de seus dois guardiões. — Celine estende a mão a Silêncio Sideral

— Simples assim? — pergunta Silêncio Sideral — E se for tudo mentira?

— O gelo não mente. — diz Celine.

— Não faz sentido. — responde Silêncio Sideral, mas aceita que o perigo já passou, pelo menos por hora.

Quando sozinho, na tenda do acampamento, Apollo toca o comunicador para saber o que Celine ouviu antes de mudar de ideia: "O gelo não mente", disse a voz de Silêncio Sideral na gravação.

— Então você estava com o comunicador esse tempo todo? — Kashmir perguntou entrando de repente e surpreendendo Apollo.

— Não tive coragem de entregar ao rei. Eu ia devolver a ela, mas…

— Você ouviu e não conseguiu parar. — ela completa. Apollo não responde, apenas se senta, olhando para o comunicador. Então, Kashmir continua — Eu estava sem caminho, eu sabia que havia algo que eu tinha que fazer, algo muito importante, mas não sabia o que. Foi quando eu a ouvi pela primeira vez, num rádio, alguém falando sobre as estranhas gravações que foram captadas por uma nave mineradora. A voz melódica da Silencio Sideral, me dizendo meu caminho, lendo pra mim o que eu sentia, o que eu não sabia, o que eu ia descobrir… — Kashmir se senta ao lado de Apollo, ela põe a mão dela na dele e a fecha no comunicador em sua palma. — A minha parte eu já ouvi. Eu sei quem eu sou e o que eu devo fazer, você ainda não.

— Você que a encontrou, não foi? — ele pergunta.

— Com a ajuda dela, instruções especificamente relacionadas com minhas experiências pessoais. Parecia loucura. Tantas vezes antes eu seguia um caminho certo, sem confiança nenhuma. No dia que eu saí com a frota pra ir num ponto vazio do espaço, encontrar Silêncio Sideral, foi o dia que eu pisei com mais certeza na minha vida. Eu sabia o que eu ia fazer, o que eu ia encontrar, como seria... com a mesma certeza absoluta que você pisou na arena naquele dia.

Apollo sorriu.

— Viu? — ela disse — Ainda bem que não te matei.

As noites eles montaram guarda e decidiram acampar à beira da floresta, até descobrir o que estava acontecendo em relação aos desaparecimentos. Não demorou muito para que mais alguém fosse reportado como desaparecido.

— Até quando isso vai acontecer? — exclamou Celine na reunião do acampamento — Vocês estavam todos de guarda, como uma adolescente é levada de sua barraca, à noite, e ninguém percebe?

Entra um homem segurando um menino pelo braço. O garoto, metade Glacinato e não muito maior que Luca.

— Diga a ela o que você me disse.

— Eu...eu vim reportar... — o menino começou.

— Vamos! Diga! — disse novamente o soldado.

— Durante a madrugada eu fui me aliviar na beirada do acampamento e um guarda me viu. Quando eu estava voltando, eu vi uma garota de cabelos loiros, sem sua capa, andando para fora do acampamento. Eu não pensei nada disso, até ouvir que a filha dos Clarabela desapareceu.

— Em que direção? — perguntou Celine.

— Norte, em direção a floresta. — todos se entreolharam.

— Thuvo, reúna caçadores experientes da região, e mais três voluntários. Encontrem essa garota o quanto antes. — diz Celine e os homens obedecem. — Garoto, qual o seu nome?

— Sila Vila Velha

— Sila, guie os voluntários até a parte do acampamento que você se referiu. — diz Celine. O garoto sorri e, determinado, sai com os soldados.

Cada um sai com sua missão e, na enorme barraca, Celine se joga numa poltrona de madeira e peles. O único que permanece ali é Apollo.

— Eu não tenho ideia do que eu to fazendo. Eu só quero chegar em casa logo.

— Do meu ponto de vista, você parece uma expert — Apollo diz, sorrindo gentilmente como costuma fazer.

— O que lhe traz aqui? — perguntou Celine.

— O gelo nunca mente — diz Apollo e Celine sorri.

— Sid vivia me dizendo isso, como um mantra. — Celine passou os dedos nas têmporas, exausta — Ele me disse que era algo que minha mãe dizia a ele. Você vê, nos glaciares, perto de casa, as geleiras são tão límpidas e tão mescladas de gelo eterno que, ao entrar em suas cavernas geladas, o gelo reflete sua imagem como se fosse espelho. Minha mãe e a rainha Maeva cresceram juntas, correndo pelos glaciais, e ela dizia que o gelo sempre vai refletir quem você é, sem mentira, sem ilusão. Eu nunca entendi, todavia se fosse mais esperta, e escutasse melhor o Sid, eu não teria caído na situação em que caí na arena.

Apollo se aproxima e senta ao lado de Celine, estendendo sua mão no apoio de braço da poltrona.

— Eu sou filho de Messina e é minha primeira vez em Boreas, então não sei nada sobre ser Glacinata. Eu me sinto acolhido aqui, não pelas amizades que conquistei desde que deixei minha terra, mas sim por tudo que perdi.

— O que quer dizer com isso?

— Eu cresci no seio de uma família que, no final, me exilou e muito provavelmente planejava me assassinar antes que notícia de meu retorno se espalhasse. Pessoas como nós são definidas pelo que elas perdem. — ele diz a Celine. Um silêncio solene de compreensão mútua cai sobre a conversa e nada mais precisa ser dito. O momento acaba com o barulho da cortina da tenda arrastando. Era Silêncio Sideral;

— Eu não sabia que estava interrompendo. Volto outra hora. — ela diz saindo às pressas. Apollo segue.

— O que foi? — perguntou ele.

— Nada. — diz Silêncio Sideral. Ela não parecia energizada, como Apollo esperava que fosse, e sim embaraçada, cansada ou talvez desanimada.

— Parecia urgente, Silêncio Sideral. — Apollo disse, tentando guiar Silêncio Sideral com o braço em seus ombros, mas ela se esquiva.

— Não... — ela disse imediatamente, com tom de desculpa — perdão eu não quis me esquivar, eu apenas...

— O que foi? — diz Apollo — Eu não sei o que você acha que viu ali, mas foi apenas uma conversa, não muito diferente das conversas que tenho com você. — ele concluiu e Silêncio Sideral riu com certa ironia.

— Pois somos definidos pelo que perdemos? Você acha que eu não reconheço minhas próprias palavras?

— Sim. Suas palavras são reais e elas ressonam comigo e com Celine, assim como foi com Kashmir. Não é segredo.

— Esse lugar te contaminou e a loucura desse povo está me contaminando também. Eu estou ficando louca assim como todo mundo a minha volta. — diz Silêncio Sideral, mas Apollo não respondeu, limitando-se apenas a olhar com paciência para ela. — Kashmir se foi, saiu com o grupo para procurar a menina. Ela destacou algumas páginas do diário de Sid e foi.

— Que páginas?

— Páginas que eu escrevi em Aldebaran.

— O que tinha nessas páginas?

— Relatos de um grande exército que iria nos encontrar. De uma floresta que muda suas próprias trilhas. — diz Silêncio Sideral — é apenas uma história.

— Desde quando Kashmir vem lendo o que você escreve?

— Desde que comecei a escrever.

Uma comoção corta a conversa pela metade. Um batedor do grupo de Thuvo corre em seu touro, olha pra Apollo e pergunta por Celine, desesperado.

— Um enorme exército. Um grupo de homens e mulheres fortes de todas as nacionalidades, vindos direto de Gothengard! — diz.

— Nômades. — diz Celine. — Desertores de Maeva.

— Eles marcham em nossa direção. A única coisa que nos separa é a Floresta Morta.

Celine opta por não fazer nada, mas prepara os homens para qualquer coisa. Os cidadãos passam a recolher seus pertences e são alertados da possibilidade de viajar pela madrugada. Ao fim do próximo dia, o grupo de Thuvo retorna. Kashmir carrega a garota nos braços.

— A amazona sabia exatamente onde a garota estaria. Ouviu a respiração da menina. — disse Thuvo, sorridente. A família Clarabella correu até sua filha e a mestra já se propôs a cuidar da garota.

— Ela teria morrido se a floresta não tivesse a protegido da ventania. — diz Kashmir. — Encontramos um grupo grande do outro lado. Eles viram a garota caminhar à noite e também a procuravam. Eles estavam buscando por um deles também, que não foi encontrado. — diz Kashmir.

— Celine, os nômades... — diz Thuvo — Eu conheço o líder dessa comitiva: o nome dele é Thorarin. Nós lutamos juntos por Maeva; o filho dele pereceu na batalha do Porto dos Espinhos. Eles não são desertores, são simplesmente homens de Maeva, sem uma luz para seguir. São bons homens que vem ajudando os vilarejos desde que a rainha se foi.

Após a conversa eles decidem levantar acampamento e circular a floresta rumo a um dos vilarejos do caminho da rainha que se ergue nas vicinalidades. Sobrepondo o vilarejo há um forte. O forte é humilde, muito humilde para os padrões dos fortes de Boreas, mas ainda assim foi o suficiente para impressionar quem o avistava pela primeira vez.

— Parece feito de vidro. — diz Silêncio Sideral.

— É gelo eterno. Erguido do chão pela própria Deusa Boreas. — diz Helki, iniciando mais uma de suas histórias, e Módimo, ao lado, usando a deixa para puxar do bolso de seu casaco seu bloco de anotações. — A maioria das construções em Gothengard são da Era Dos Deuses... — continuou ele em voz mais alta para todos ali presentes poderem ouvir. Alguns se aproximaram, mas aqueles que conhecem Helki, incluindo sua esposa e suas filhas, reviram tediosamente os olhos e saem de perto para cuidar de seus próprios afazeres.

Chegaram no vilarejo assim que caiu a noite. Ninguém quis ficar no forte, nem mesmo Celine. O grupo dos nômades estava do outro lado do vilarejo e logo ambas as grandes comitivas confraternizaram. Seguindo desse primeiro encontro, chegou a Celine, Apollo e aos demais alguns boatos de uma névoa que vinha do leste e levava as pessoas na calada da noite.

— Névoa é apenas uma lenda! — diz Celine irritada.

— A névoa é real — diz o Thorarin — Ela passa e leva quem já foi tocado por magia antiga.

— Como sabe?

Thorarin sinaliza e um menino lhe entrega um diário.

— Onde conseguiu isso? — Celine se levanta irada.

— Acalme-se, menina rainha. Jamais faríamos mal a um dos nossos irmãos de Sophia. Encontramos isso próximo aos glaciares. Buscamos por Sid; é ele quem estamos procurando até hoje. Ele relata aí, a névoa é real e está levando seus camaradas. Ele estava decidido a encontrar a fenda de onde sai a névoa para selá-la. Juntei o nômades e marchamos para ajudá-lo, mas não o encontramos até hoje.

— E onde acha que ele está?

— Alguém como ele não sobreviveria nos lugares em que ele queria se meter, fundo nos glaciares de Gothengard, lugar que nem Glacinato anda. Estamos tentando buscá-lo em lugares menos cruéis, na esperança de que ele enfim criou bom senso e tentou se abrigar em solo menos inóspito.

Celine se senta novamente, com lágrimas nos olhos, e diz: — Sid não merece um enterro gélido, ele não pode ter ido assim.

— A garota dos Clarabella sair andando no meio da noite... Todos desapareceram assim, sem sinal de luta, jamais tendo sido encontrados. Clamados pela Névoa. — Apollo notou que Kashmir e Silêncio Sideral trocaram olhares significativos. Apollo viu mais tarde Kashmir devolvendo a Silêncio Sideral duas páginas do diário. Ele pensou longa e profundamente a respeito da névoa. Isso é algo que ele aprendeu no exército anti-magia de Messina. Mana sem propósito, tomando a mente das pessoas enquanto elas dormem, levando-as à loucura, ao oblívio e ao esquecimento. Contos de violência, de guerras e delírios, todos atribuídos à força da névoa. Ele riu consigo mesmo, de imaginar que ele estaria em tal história. Que com uma comitiva, como a que se encontravam hoje, estariam seriamente discutindo sobre a névoa. Mesmo assim, ele tirou o comunicador do bolso e pensou no que seria mais ridículo para um homem que já rendeu seu livre arbítrio à própria religião que ele jurou erradicar.

Ambos os grupos se juntaram, incluindo todos os habitantes do vilarejo que, após dezenas de desaparecimentos, resolveram seguir para Gothengard com os demais nômades, por segurança. Havia boatos de um homem cercando o Forte Fröge, fortaleza real da vila de Bóreas, que era capaz de destruir a névoa e que era indiferente a ela. Um homem forte, um sobrevivente do massacre. Alguns acreditam cegamente na existência deste homem, outros ignoram, apenas contos para trazer esperança, como dizem muitas vezes os céticos. Celine não acreditou, mas por segurança ela convocou Kashmir, Silêncio Sideral e Apollo. Celine pediu para Silêncio Sideral o diário de Sid, porém Silêncio Sideral se recusou a entregar a princípio.

— Você veio até mim no outro dia e saiu da barraca antes de dizer algo. Você segurava esse diário nas suas mãos. — ela disse. — Me dê.

— Não há nada de especial aqui.

— Isso sou eu quem determina, não você. — respondeu Celine friamente.

Silêncio Sideral entrega a Celine o diário; a líder glacinata folheia: — Você entende o que eu estou passando. Nunca acreditei nessas coisas, mas desde que vocês três cruzaram meu caminho, eu vivi em uma semana as experiências de uma vida inteira. *"Ser a mesma diante de triunfo e fracasso, se levantar e seguir em frente e não ser afetada por nenhum desses dois impostores. Os deuses te invejam, porque você é efêmera. Boreas não verá vitórias ou prosperidade, a imensidão branca vai crescer mais árida e mais cruel, mas não há fracasso, apenas falta de tentativa. Enquanto sua rainha não voltar para casa, Boreas, Boreas não verá triunfo. Isso não acontece em um dia ou um mês, mas todos os dias."* — leu Celine.

— É só... — disse Silêncio Sideral — Eu escrevo pois fico entediada. Não quer dizer nada.

— Já chega dessa fachada — diz Celine — Pois bem, uma rainha deve andar pelas terras e enxergar nelas a sua vitória. Marchamos para Fröge a partir de amanhã, junto com os nômades — Celine anda até Silêncio Sideral e lhe devolve o diário. — Ainda tem algumas páginas. Termine.

Os dias de viagem se seguiram, cada vez mais escuros; os mesmos dias, como pedras de sal congeladas, foram gradativamente fragmentando-se, cedendo espaço para noites cada vez mais compridas, tecidas em medo e tormenta. Os desaparecimentos continuaram, ainda que gradualmente mais esporádicos: a caravana já estava acostumada a suas perdas e o luto já não se distinguia do brancor gelado nos vales ao longe. Logo, os mais fracos estavam no final da comitiva. Celine fazia de tudo para ajudar, alocando soldados para carregar os pertences das famílias. *"A vida deve ser preservada acima de tudo."* ela dizia. Não queria, entretanto, admitir que as palavras que ela leu no diário a assombravam. *"Boreas não verá vitória enquanto sua rainha não voltar pra casa."* Ela tinha que chegar logo. Boreas não tinha uma rainha, nem se quisesse. Todos foram mortos, restando unicamente… ela. Se é isso que ela tem que fazer para que sua terra volte a prosperar, ela o fará. E assim como, tantas vezes antes, assim como o que lhe trouxe aqui hoje, a disciplina será sua melhor amiga e a única bússola de suas ações. E ela continuou em frente e seu povo a seguiu. Se é uma rainha que Boreas precisa, uma rainha terá.

Capítulo 4

Foi possível ver Vila Velha pelo caminho da montanha. Vila Velha era a maior cidade de Gothengard. Muitos dos viajantes, inclusive, decidiram ficar por lá. Do alto da montanha, e em retrospecto, Vila Velha não era nada comparado com Aldebaran, mas era algo impressionante, se destacando na imensidão gélida que a cercava. Um pequeno oásis num deserto branco. Assim, de longe, a foto de algo que poderia muito bem estar dentro de um globo de neve.

— Se seguir reto, a leste dali, você chega no porto dos espinhos. — diz Celine — Se seguir a costa, encontra o portal. É impossível forasteiros fazerem essa viagem sozinho, mas assim que chegarmos na Vila de Bóreas e nos reagrupamos, marchamos para Fröge e te deixamos no portal. — explicou ela a Apollo e aos demais. E assim fizeram.

A Vila de Boreas, vista ao longe, não era muito diferente da Vila Velha. Tratava-se de uma cidade pequena e simpática. Diferente das outras era fortificada com muralhas e, ao fundo, Apollo custou a perceber que havia um enorme palácio. O messiano não sabia precisar seu tamanho, pois suas beiradas se mesclavam com o próprio céu. Torres enormes e pontudas, que pareciam estalactites crescendo em direção ao céu, desrespeitando todas as leis da física, mesclavam-se com as montanha ao seu redor. — Precisamos estar entre os muros dela o quanto antes. As noites aqui assobiam com os ventos do norte e podem explodir tímpanos frágeis ou trazer loucura àqueles que não estão acostumados a sua estranha melodia. — disse Thorarin, o líder dos nômades que, cada vez mais, parecia apegado à jovem Celine. Celine, por sua vez, admirava o velho que lutou ao lado de sua mãe, assim como Thuvo.

— Sua amiga... ela falava sobre mim naquele diário. Eu vi, eu li tudo. Ela falava sobre as grandes coisas que eu ainda vou fazer assim que pisar em Gothengard — disse Celine, assim que atravessaram os portais e os muros da cidade foram sendo deixados para trás. — Preciso que ela me passe mais do que ela escreveu, e as gravações também. Gostaria de uma cópia, se possível — concluiu ela, por fim.

— Não acho que é assim que funciona, Celine. — disse Apollo — Não quer primeiro ver se a primeira parte do que leu estava correto?

— Pegar a coroa...seguir para batalha? — diz Celine.

— Não exatamente isso, mas talvez entender se é esse mesmo o seu caminho.

— Por ora vamos investigar o palácio e tentar entender o que ocorreu ali; abrir a câmara das armas e recuperar o que é nosso. Você está comigo? — ela disse, seu rosto delicado e juvenil o fitando, acostumado aos ventos violentos que cessaram assim que o enorme portão da vila se fechou.

— Claro, desde que minhas companheiras encontrem seu destino.

— E você? — perguntou Celine. — Qual o seu destino?

Apollo sorriu — Isso eu ainda não descobri. — admitiu.

— Você sempre terá uma casa aqui. — ela diz sorrindo — Se seguir no destino de suas amigas, ou se quiser emprestar o meu, terá sempre uma refeição quente e o sorriso de um glacinata para lhe receber nas comitivas da Altrum Dei.

Enquanto se alojavam, Apollo foi ter novamente com Silêncio Sideral. Ela dormia e Kashmir parecia preocupada quando Apollo perguntou de seus manuscritos — Ela só dorme e não escreve há dias. — respondeu.

— Ela pareceu bem em todos os dias de viagem. — disse Apollo.

— Ela tem pesadelos dos quais evita escrever; teme como as pessoas irão usar o que ela põe no papel ou grava. — diz Kashmir — E com razão. — conclui.

Apollo recolhe tudo que ele vê por cima, todos os manuscritos e o diário: — É para o melhor. Eu me pergunto se não foi um erro revelar quem ela é naquele dia. Celine mudou todo o caminho da comitiva baseada em um parágrafo do que ela leu. Agora ela me pediu que eu fizesse cópia de tudo isso para ela. Você chegou a ler?

— Sim, eu sempre leio. Não tem nada aí... — diz Kashmir — Talvez...

— O que?

— Quando ouvi as mensagens dela, já haviam se passado cinco anos desde que ela as falou. Se isso ela está escrevendo agora, se for de fato o que acham que é, talvez sejam ocorrências para um tempo que ainda está por vir.

— Você não foi, inspirada nas mensagens recentes, encontrar a garota que desapareceu?

— Era um teste e sim... — disse Kasmir — É difícil dizer, não acho que existe lógica ou regras que se aplicam nesse tipo de coisa.

Apollo segue com tudo que recolheu e, antes de poder buscar por cópias, Celine o encontra e recolhe tudo. Quando Silêncio Sideral desperta, percebe que todos os seus manuscritos sumiram. Kashmir conta que Apollo os recolheu, mas que logo os vai trazer de volta. Silêncio Sideral não parece nada impressionada e apenas responde: "Não, ele não vai devolver."

— O que está acontecendo, Silêncio Sideral? — pergunta Kashmir.

— Eu só quero ir embora daqui. Só queria voltar para como as coisas eram antes. Se eu soubesse que seria assim…

— O que? — Kashmir pergunta, mas Silêncio Sideral permanece pensativa e não responde.

Kashmir e Silêncio Sideral se abrigaram em uma casa não muito grande feita de madeira na vila de Boreas. Por ser a casa mais quente, o historiador de Sophia ficou ali com elas. Ele passava a maior parte de seu tempo falando sobre o forte Fröge no vale das montanhas. "É gelo eterno maciço" — dizia ele, empolgado. Kashmir nunca foi de dar muita importância para as histórias das pessoas, então sua indiferença já era uma marca até que registrada; Já Silêncio Sideral sempre se animava ante as histórias de outras pessoas, era do tipo a dar a voz ao outro e se entreter com isso, mas não dessa vez. Sua apatia era cada vez mais evidente.

— Celine vai ler, fazer cópias dos manuscritos e lhe devolvê-los em tempo. — disse Apollo assim, que retornou à cabana assim que a noite caiu. — Eu conversei com ela e expliquei que você não está escrevendo mais. Amanhã pela manhã um grupo de batedores experientes vai nos guiar até o portal — Kashmir fica feliz e olha para Silêncio Sideral, ainda mergulhada em uma certa indiferença fria.

— Eu sinto muito por tudo isso — diz Apollo.

— E você acha que, se ela não me devolveu até agora, eu vou ter isso de volta até amanhã? Não foi pra ela que eu escrevi aquilo. Não é para os olhos dela.

— Você nunca admitiu que tem algo especial nas coisas que você conjura. — diz Apollo — Pensa diferente agora? — Silêncio

Sideral não diz nada. — Fala comigo, Silêncio Sideral. Me diz o que fazer, me fala o que você precisa de mim, eu faço!

Silêncio Sideral se levanta e sobe para o segundo andar da casinha. "Vou me deitar." — Kashmir dá um olhar significativo para Apollo.

A viagem até o portal não é longa quando se vai de trenó. A neve derrete sob o trenó flutuante, deixando um rastro de água. Quanto mais rápido vão, mais água é deixada para trás. É muito interessante ver que, em alguns trechos, a água que se ergue como uma onda congelava antes mesmo de voltar a cair, deixando barbatanas de água congeladas no tempo, dali até o portal. De longe, já era possível divisar... parecia um arco íris, mas era um arco de gelo eterno que como um prisma semicircular, refletindo as luzes do sol branco que brilhava ao longe, em Orácula.

— Por isso nunca foi destruído. — diz Apollo — É todo feito de gelo eterno.

— Sim. — diz um dos batedores que o escoltaram.

Dessa vez Apollo está com seu macacão branco, aquele que ele usou em sua missão em Azincourt. Tal traje trouxe a Silêncio Sideral memórias. Memórias de quando ela achava que as coisas não piorariam mais para ela. Eles ainda demoraram longos quinze minutos para alcançar o portal, mesmo depois de avistá-lo ao longe.

— É por aqui que Maeva passava os quebra-gelo. Aparentemente, esse portal é totalmente destrancado. Ele chega até mesmo em pontos no espaço que ninguém tem acesso. Os códigos foram perdidos com o tempo, ninguém mais sabe como operar. Mas Celine disse que vocês saberiam o que fazer, então aí está. De qualquer forma tem escrito no portal as regiões que ele abarca.

Em uma ponta do portal havia um pequeno painel de controle, sem botões, sem nada. Apenas buracos de um desenho que parecia uma galáxia, porém com muito mais planetas do que Orácula, embora parecesse a mesma.

— E agora? — perguntou Kashmir.

— Vamos tentar terra. — diz Apollo e aponta para o planeta.

— Como você sabe? — pergunta Kashmir.

— Runas. — ele diz e aponta para o símbolo dentro do círculo de cada planeta. — esse é o da terra. Se ela não tivesse sido destruída, vocês iriam direto pra lá.

— Se funcionar você cuida dela? — Pergunta Kashmir, estranhamente suplicante.

— Claro. — diz Apollo e sorri para suas companheiras. — E de você também.

Eles tentam e o portal se abre diante dos três. Apollo arremessa um pedaço de gelo, que cai do outro lado.

— E agora, fazemos o que?

— Pol? — pergunta Silêncio Sideral. Kashmir concorda.

— Seguimos com o plano: em Pol teremos acesso a mais recursos para voltar a Azincourt. De lá será menos trabalhoso do que encontrar uma nave aqui. — Kashmir vai primeiro.

— Foi um prazer lutar ao seu lado Kashmir. — diz Apollo. Kashmir sorri. — Nos vemos do outro lado. — Apollo modifica as coordenadas no painel e reativa o portal.

Parece uma camada de vapor, ou água parada, na frente deles: uma cortina translúcida e suspensa. Kashmir a toca e as vibrações reverberam como um fino tecido. Ela passa, mas não é vista do outro lado. Ela simplesmente desaparece. Ela está em Pol.

Novamente Apollo volta com as coordenadas e Silêncio Sideral dá o primeiro passo em direção a um pouco mais de sossego, entretanto... era como se o portal a rejeitasse, como se não reagisse a ela, que cai do outro lado da estrutura, sob a neve. — Não... — diz Silêncio Sideral, colocando as mãos no rosto como se fosse chorar, ou tentar conter o choro sem sucesso.

— Vamos de novo. — diz Apollo.

Eles tentam, e tentam novamente, mas nada. Silêncio Sideral senta no trenó, derrotada. Apollo coloca as mãos em seus ombros, olha em seus olhos.

— Podemos ir pra Sophia e depois Pol. Orácula é enorme e rica de coisas novas. — Silêncio Sideral não diz nada. Ela olha para o portal e para os voluntários de Celine que os trouxeram.

— É assim... — diz Silêncio Sideral — É assim que acaba tudo. — Silêncio Sideral joga sua bolsa no chão na base do arco do portal, volta até o trenó e se senta. — Vamos. Vamos voltar.

Eles voltam ao vilarejo, para a surpresa de todos. Perguntam de Kashmir, com medo de que ela tivesse perecido na viagem, mas logo explicam que ela voltou para sua casa e ficaram felizes por ela. Naquela noite, Silêncio Sideral parecia outra pessoa. De fato, parecia a pessoa de antes. Conversou com Módimo em frente a lareira, deixou que ele falasse à vontade sobre o forte e sobre como é conhecido. Se juntou a eles alguns transeuntes, em boa parte crianças, em especial, que gostavam de ouvir Módimo falar sobre o forte. Entre eles uma garota jovem, mas inseparável de seu arco e flecha, Boreana, e o pequeno Sorin. A princípio, Apollo achou que eram irmãos, mas se tratavam de primos unidos por uma fraternidade já reconhecida. Onde Boreana ia, Sorin seguia. Sorin conhecia todas as histórias de horror sobre o forte, sua casa era próxima; eles riam quando ele contava das coisas assustadoras que já aconteceram com ele, das coisas que ele já ouviu. Silêncio Sideral perguntava mais, Sorin jurava que já entrou no pátio, e que ele foi tão longe quanto ao Hall de entrada. "Do lado de fora não dá pra ver nada do que aconteceu, está tudo coberto de neve, mas dentro, a porta se fechou e, quando eu a abri, vi o fantasma da Maeva e disparei pra longe.

— Ele viu o quadro no hall de entrada. É um quadro com uma pintura de Bóreas e seu arco e flecha, uma cena de caça. Meu pai me contou, ele frequentava o Forte. — diz Boreana corrigindo o garoto e bagunçando os cabelos dele. — Silêncio Sideral ri e Apollo também.

O dia seguinte chegou mais cedo do que Apollo estava preparado e, assim que a comitiva de Celine voltou de sua exploração pelo Forte, ele foi ter com ela.

— Encontrou algo? — perguntou Apollo. Celine parecia aborrecida, o acampamento dela era no centro da cidade, local onde, no passado, faziam os banquetes e eventos ou onde o povo se alojava junto quando havia uma tempestade forte demais para as casas aguentarem.

— Encontrei, mas nada que me traga respostas ou conforto.

— O que quer dizer com isso?

— Não importa, já me reportaram que o portal não funcionou como esperado.

— Isso.

— Esse portal não é usado desde a época de Maeva. Ele parou de ser guardado a anos, justamente porque ele não funciona direito. Pelo menos eu achava que não.

— Nós precisamos de ajuda Celine. Sem acesso ao portal daqui, devemos voltar até Aldebaran e buscar passagem do portal de lá.

— Passagem pra onde? Achei que vocês não foram pelo de ADB pois não tinha rota até onde queriam ir.

— Nosso intuito era ir até Pol, o portal de ADB é limitado. Agora pretendo tentar um outro curso.

— Para onde?

— Alexandria.

— Um Messiano em Alexandria?

— Não teria problema em ir até lá daqui, se você nos fornecer um pequeno grupo de emissários. No passado, Maeva foi quem nutriu o bom relacionamento com Alexandria e isso lhe ajudaria também, demonstraria para eles que seu povo não está sem líder. Em Alexandria eles valorizam os costumes antigos.

— Você vai pedir passagem espacial para os alexandrinos usando minha nação como escudo?

— A história não é tão simples assim, mas sim, preciso devolver Silêncio Sideral a sua terra e Kashmir também.

— Pois bem, eu te ajudo se você me ajudar. — Celine se apoiou na mesa. — Se torne um cidadão de Boreas e lute ao meu lado que farei tudo isso.

Apollo não diz nada — Eu preciso de alguém como você ajudando a comandar alguns de meus punhos no exército, especialmente depois do que descobri.

— E o que descobriu?

— O forte foi completamente pilhado e encontramos sinais de Ariostes, todas nossas armas lendárias de Gelo Eterno que Maeva e seus descendentes passaram a vida protegendo se foram. Não ficaria surpresa se esse desastre todo da névoa não fosse decorrente de uma dessas armas em mãos erradas. — Celine mostra o mapa em cima da enorme mesa de carvalho.

— Vamos invadir pelo portal de Gothengard, que permite uma passagem facilitada para os planetas do anel maior, e seguir direto para o forte do deserto em Ariostes. Vou recuperar o que é nosso.

— Eu aceito ir com você, mas não acho que seja necessário a cidadania.

— É isso, ou você não vê grama enquanto não andar até um bosque por conta própria.

Apollo retorna à pequena casa e nota que as crianças da vila estão lá novamente. Sorin pede para dormir com eles na casa dos forasteiros mais uma noite. Silêncio Sideral pareceu se apegar aos dois, mas dessa vez ela diz que não.

— Deixa eles dormirem aqui de novo, oras. — diz Apollo e Módimo concorda. Ambos felizes em vê-la se distrair.

— Não, dessa vez eu quero ir com vocês até o fim do vilarejo e ver por mim mesma esse lugar onde vocês moram, que dá pra ouvir tudo que vem do forte. — diz Silêncio Sideral sorrindo.

— Legal! — diz Nico, Boreana parece animada.

— Vou lhe apresentar meu avô, ele é o fabro que Maeva mais gostava! Ela comissionou as pinturas do castelo com ele. Ele tem algumas lá e vai voltar a pintar agora que conseguimos mais materiais, que vieram de Aldebaran.

— Ótimo. Vamos! — Diz Silêncio Sideral. Nico convida os demais, mas eles recusam. "Um outro dia" diz Módimo, afinal a noite já estava para cair e as noites de Fröge não são fáceis de lidar quando se é um estrangeiro de sangue morno.

— Eu vou — diz Apollo, mas Silêncio Sideral recusa a companhia — Está tudo bem — ela diz.

Silêncio Sideral passou em frente da casa dos jovens. Primeiro vinha a casa de Nico; ela cumprimentou seus pais e descobriu que estava tarde para continuar a jornada, então Nico entrou com a promessa de que Silêncio Sideral voltaria para a visitar um outro dia.

— Boreana. — diz Silêncio Sideral — Você já é uma menina madura, e você vai ter que amadurecer rápido.

— Sim! — disse a garota determinada.

— Eu preciso que você vá comigo a um lugar.

— Onde?

— Lá. — diz Silêncio Sideral e aponta para o forte Fröge. Boreana arregala os olhos.

— Ninguém quer ir pra lá. — diz ela — É perigoso e assustador.

— Mas você já esteve lá. — diz Silêncio Sideral — da forma como você descreveu o que Nico disse, não são relatos de alguém que ouviu de terceiros, é de alguém que esteve lá. — Boreana olha para o chão, e teria corado se fosse possível neste frio.

— Eu fui tentar encontrar os corpos de meus pais. — diz ela, triste. — Depois eu voltei, para explorar.

— Eu faria o mesmo se fosse você. — diz Silêncio Sideral começando a andar. — Vamos?

A noite estava límpida e sem ventos, o que era raro naquela região. Geralmente o vento vem tão veloz das montanhas que, quando passa por entre as torres pontudas do castelo, parece um acordeon agudo, gritando. Módimo disse que o vento gritava em choque com o forte para assustar os inimigos, mas hoje parecem mais os gritos de dor de um prédio que sofre, sofre, sofre, mas não morre.

Elas tiveram que andar um caminho, uma alameda coberta por neve e anos sem ser aparada ou mantida, tornando a via um tanto quanto tortuosa e de difícil trânsito. As estátuas de gelo dos grandes guerreiros de outrora e criaturas simbólicas, algumas cobertas de neve até a cintura, algumas faltando pedaços e deformadas, permeiam toda a jornada como companheiros silenciosos, testemunhas atentas, mas indiferentes. Era uma visão tétrica da decadência de algo que já foi marcado como mágica forjada da beleza e prosperidade de um reino gelado tão lindo e puro, um reino que hoje luta contra sua deformidade e ruína. Ao fim da alameda, havia uma estrada circular, uma fonte esculpida, seca, no centro, e a entrada do enorme palácio. Eles chamavam aquilo de forte, mas era um palácio. Os glacinati podiam se dar ao luxo de construir algo assim, cercado pelas montanhas, protegidos do frio e das vicissitudes do tempo. O fato das paredes do enorme palácio de gelo serem indestrutíveis contribuía para que esse local fosse o mais belo e mais seguro de toda a galáxia.

Boreana empurra a enorme porta que abre, sem fazer barulho, exceto pelo arrastar da neve meio derretida, meio congelada, que ficou do lado de dentro.

— Aqui dentro não é tão frio. — diz Silêncio Sideral impressionada.

No hall de entrada do palácio jaz um enorme quadro de uma mulher de cabelos brancos, quase azuis, longos e lisos, voando na cauda do vento, impassível ante a tempestade de neve. Seus olhos brilhantes e agudos olham as estrelas da noite. Em sua cabeça, uma coroa branca, pontiaguda, mas delicada e muito bonita. Na frente da coroa uma pedra oval azul como as águas em que as baleias nadavam dias antes. Em sua cintura, no vestido longo azul, não estavam adornos ou jóias e sim uma aljava, bem como em suas mãos arco e flecha, ambos límpidos e cristalinos, do mesmo material de sua coroa.
— gelo eterno. — diz Boreana, notando que Silêncio Sideral olhava a pintura curiosa. A pintura era fluida, apresentando diversas cenas acontecendo, num movimento perfeito que simbolizava o triunfo de

Maeva sobre a natureza de sua terra; era realmente uma obra prima. Mais à direita, numa cena de caça, o personagem Boreas parecia que ia se virar a qualquer momento e cumprimentá-las... ou acertá-las com uma flechada na testa. — Seu avô que pintou isso?

— Sim. — ela disse baixo para que sua voz não ecoasse muito alto no palácio.

— Ele é muito talentoso, Boreana. — Silêncio Sideral continua olhando em volta. As coisas estavam caídas e reviradas. Suportes nas paredes, que antes adornavam e suspendiam enfeites, armas, armaduras talvez.

— Eram armas de gelo eterno. Apenas heróis podem brandir armas lendárias como as de gelo eterno.

— Como assim?

— Armas lendárias são forjadas com magia. Dizem sempre que a magia de fora não as afeta, que elas nunca perdem o corte e, além de tudo, que elas trazem boa fortuna para quem é escolhido por elas. — explica Boreana.

— O que aconteceu com essas?

— Eu acredito que, no dia da batalha, foram pegas, usadas contra o inimigo ou simplesmente roubadas por ele. Armas lendárias são incrivelmente raras e muito preciosas.

— Eu imagino.

— Nem mesmo Maeva brandia uma arma de gelo eterno. A única pessoa que fazia isso era Ferlin, sua Altrum Dei. Ela possuía um machado e uma clava de gelo eterno.

— E a adaga? A adaga de Boreas.

— A adaga era de Gael, o príncipe. Acreditam que ele também pereceu naquela noite. Antes de morrer Gael entregou a sua adaga para Sid, para que ele a vendesse e comprasse passagem segura para fora de Boreas.

— Mas ele ficou...

— Sim, os Golivera os encontraram. Skysgard ajudou muito desde o massacre. — diz a garota, olhando pro chão.

— Vamos. — disse Silêncio Sideral, mais determinada. De um lado, havia uma enorme escada suntuosa, possivelmente esculpida a mão, uma vez que se podia notar detalhes miúdos e inconsistências que a tornavam uma obra à parte. Do outro lado da pintura havia um corredor menor, mais estreito. Silêncio Sideral e Boreana seguiram pelo corredor.

— Se seguirmos por aqui chegaremos ao pátio, onde, no passado, tiveram o banquete de sete dias antes do solstício, local inicial do ataque.

— Aconteceu durante um banquete?

— Sim, numa noite como essa toda a vila estava presente; meu avô não: estava doente nesse dia e precisou ficar em repouso. A nossa vila era grande e próspera. A maioria das pessoas se foram naquele dia.

— Tantas casas vazias e abandonadas... — diz Silêncio Sideral com pena ao pensar nas pessoas que ali habitavam, e estariam até hoje se não fosse por essa noite infeliz.

— Sorte é que foi durante a madrugada, a maioria foi pêga dormindo aqui após bebida, e muitas pessoas já haviam voltado para vila. Crianças e famílias. — diz Boreana.

Ao chegarem no pátio havia enormes mesas retangulares e uma fonte menor no centro. Erguidos do outro lado da fonte, quatro assentos que se posicionavam de frente para as mesas, dois tronos e duas poltronas menores.

— Rei, rainha e Altrum Dei?

— Não. — diz Boreana. — Rainha, Altrum Dei (nos tronos) e seus maridos, ela aponta para as poltronas menores. Silêncio Sideral sorri. — Sociedade matriarcal. — ela comenta e Boreana sorri.

— Nossa padroeira é a *mãe* do gelo, não o pai. — ela diz como algo ensaiado, que alguém disse a ela antes. Silêncio Sideral sorri novamente.

— Quando você veio não encontrou nenhum corpo?

— Não. — ela diz triste — Passaram muitos anos e é possível que o castelo tenha sido pilhado ou que alguém tenha enterrado os mortos... ou, quem sabe, os mortos foram clamados pelo gelo e pela névoa.

— O castelo não foi pilhado — diz Silêncio Sideral, apontando para as pratas e os utensílios intactos nas mesas. — Se houvesse mesmo uma festa e subsequentemente uma luta, as coisas estariam muito mais bagunçadas. Veja! — ela apontou para a fonte, onde se desenhava uma rachadura, e então ela encostou em uma das enormes mesas de madeira. — Alguém arrumou aqui, com grande respeito. — Silêncio Sideral diz e olha Boreana, que está com lágrimas nos olhos.

— Eu fico feliz se for isso mesmo... — diz Boreana, com a voz amarrada — Pode não ser grande coisa pra quem é de fora, já se passaram muitos anos, mas o que aconteceu aqui...

— O que aconteceu aqui formatou a cultura de sua pequena sociedade e reverberou por todo o planeta como uma pedra jogada em um lago calmo. — diz Silêncio Sideral — E vai continuar reverberando até o dia que você tomar armas.

Boreana arregalou os olhos quando Silêncio Sideral disse isso. Silêncio Sideral passou a mão nos cabelos prateados da menina, seus olhos púrpura brilhavam um pouco devido a luz minguante do local.

— Está ficando cada vez mais escuro — diz Silêncio Sideral enquanto caminha até atrás do trono, procurando por algo — Eu só vim buscar um negócio — diz ela enquanto se move ao redor do trono. Boreana a segue, entrando por outra porta que quase escondia-se atrás do encosto da enorme cadeira. Ambas percebem o início de uma estreita escada circular, que leva até a primeira torre de vigia dos arqueiros. Silêncio Sideral não sobe por ela, em vez disso olha embaixo da escada, como quem pressente algo, e escondida, no fundo, está ela: a coroa da Rainha, a mesma coroa que está no quadro na entrada do palácio.

— Pode pegar pra mim? — diz Silêncio Sideral a Boreana, única glacinato presente que pode tocar em gelo eterno sem sentir a queimação das mordidas gélidas. Silêncio Sideral abre sua sacola de tecido e Boreana deposita a coroa lá dentro, depois de admirá-la.

— Como você sabia? — pergunta Boreana em choque. Silêncio Sideral se abaixa, ficando olho no olho com a garota de quatorze anos.

— Um dia, quando você estiver adulta e tão boa quando Boreas no arco e flecha, uma garota tímida, ferida e triste vai precisar de sua ajuda. — Boreana absorve cada palavra sem nem respirar — Essa garota é dona dessa coroa e eu vou por ela em seu caminho. Entendeu?

— Sim! — diz a menina em absoluta confiança no que a suposta profetisa está a lhe dizer.

— Coisas estranhas vão acontecer, mas eu quero que você não perca o foco de quem você é, ou deixe que a escuridão apague sua esperança — Silêncio Sideral sorri e se levanta, entregando a sacola com a coroa para Boreana. — Você vai esconder isso num lugar que só você consegue achar, ok? Ninguém pode saber que temos posse disso. — Boreana pega o saco com convicção, ela sabe exatamente onde esconder o item.

Apollo esperou que Silêncio Sideral chegasse, porém a noite chegou e Silêncio Sideral não. — Ela deve ter ficado por lá. Eles sabem o quão frio é para uma estrangeira voltar andando nessa condição climática. — disse Módimo, por cima de seu livro, em seu ponto fixo em frente a lareira. Apollo foi até a janela novamente e a noite estava quieta, o céu cheio de estrelas com seu brilho refletido nas torres do enorme forte, fazendo com que a luz ficasse ainda mais clara. Se ela quisesse voltar, conseguiria, entretanto o tempo foi derramando sua areia e... ela não apareceu, então Apollo foi dormir.

Apollo mergulhou profundamente em seu sono, mas repentinamente despertou com uma sensação estranha, sentindo o peso de alguém ao seu lado na cama, afundando a trama de peles, ou talvez uma sensação estranha em seu peito. Quando ele abriu os olhos viu a silhueta de Silêncio Sideral sentada na cabeceira de sua cama, ao seu lado. Sua visão noturna se ajustou e ela estava com o rosto vermelho e molhado, tremendo descontroladamente. Silêncio Sideral estava chorando.

— Perdão. — ela disse, entre os soluços, e então levantou as mãos, vermelhas de sangue. Apollo olhou para seu peito e entendeu a sensação de pressão que sentiu: nele estava pousada uma faca.

Silêncio Sideral se levantou, mas não conseguiu ficar em pé; cambaleou e caiu no chão. O sangue saía da ferida profusamente mesmo com a faca ali ainda alojada. Apollo não gritou, nem pediu ajuda. Limitou-se a olhar Silêncio Sideral, se perguntando porque aquilo tinha acontecido, tentando encontrar um significado. Quem gritou por ajuda foi ela e o messiano não viu mais nada além disso. Tentou fixar seu olhar nela, tentou se segurar o máximo que pôde ante a claridade, mas acabou desacordado.

Silêncio Sideral foi arrastada pelo centro da vila até o local que Celine adotou como aposentos e base de operações. Silêncio Sideral olhou para os rostos daqueles que saíram para ver o que tinha acontecido. Ela não sabia o que sentir, Apollo era amado por todos ali, quanto a ela ninguém a conhecia direito e muitos, na verdade, nutriam uma soturna desconfiança. Agora ela podia sentir essa desconfiança na pele.

— A profetiza enlouqueceu! — dizia Luca, incorformado — Ela esfaqueou Apollo. Ele, em um frenético desespero, saiu gritando pra todos aquilo que desejavam ouvir e Silêncio Sideral teve vontade de afogá-lo na neve. "Cale a boca, moleque" ela pensou. Afinal, ela sabe o que sucedeu, ela sabe aquilo que fez e não precisava de todo aquele alarde naquele momento.

Quando Silêncio Sideral foi jogada de joelhos e apresentada a Celine, sua captora não pareceu se importar, nem mesmo a olhou. Celine se preocupava com outra coisa.

— Onde está ele? — ela disse para o soldado.

— Está com a mestra. — respondeu.

— Seu estado?

— Não parece bom, majestade. — disse ele.

— Pode colocar isso no templo. — ela disse para o soldado, se referindo a Silêncio Sideral. — Amarre-a no pilar. Luca e mais alguns seguiram. Silêncio Sideral não reagia.

— Porque fez isso? Porque feriu alguém que te ama?

Silêncio Sideral não respondeu

— Porque? — Celine repetiu, mas não recebeu nada em resposta. Então ela deu um tapa na cara de Silêncio Sideral — RESPONDA! Porque machucar alguém que te ama?

Silêncio Sideral cuspiu sangue no chão. — Ele não me ama.

Um momento de silêncio.

— Você é doente. — diz Celine, em choque — Você quer sabotar sua própria profecia. — Celine olha na enorme mesa do altar onde ela se sentara antes, entre os artefatos de simulação de guerra estavam todos os manuscritos de Silêncio Sideral, todos destacados de seu diário: os que ela escreveu em papéis avulsos, anotações dos fabros e mestres da comitiva de Celine, tudo ali, sendo estudado. — No seu último volume você diz; "Que a rainha de Boreas irá a marchar ao lado do campeão de Messina; que ao lado dela apenas ele não conhecerá derrota." — Silêncio Sideral ri brevemente. — Apollo não foi coroado invicto por diversos anos seguidos em Messina como o campeão da nação?

— Acho que a maluca aqui não sou eu. — ela diz. — Apollo conheceu vitória desde que ele nasceu, o rapaz da profecia nunca viu vitória que não ao lado da rainha. Seus fabros não souberam lhe dizer isso? Ou você só está compreendendo o que lhe é conveniente?

— Iremos marchar ainda essa semana, na primeira noite clara. Após isso, partiremos a Ariostes para pegar de volta o que é nosso, e com justiça. Eu enviei vocês dois ao portal sabendo que se vocês voltassem as previsões se confirmariam. E não é que ele voltou? Voltou pra mim. — diz Celine, mas Silêncio Sideral não reage. — O Retorno da Rainha, você mesmo escreveu. Por que quer me sabotar? — Silêncio Sideral ri novamente. Celine a levanta pela roupa e exige novamente resposta.

— PORQUE EU NÃO ESCREVI ISSO PRA VOCÊ! — diz Silêncio Sideral, o que faz com que Celine arregale os olhos, dizendo finalmente, quase num sussurro.

— Pra quem então? — ela diz, sabendo que não existe ninguém que possa assumir essa posição. Mas Silêncio Sideral sorri maliciosamente a ela; — Para aquela que vai te derrotar. — Silêncio Sideral responde.

— Tudo que acontecer com Apollo vai acontecer com você. — diz Celine. — Então reze para que ele se recupere e que ainda tenha por você aquela lealdade ingênua que ele vem demonstrando, pois ele é quem vai determinar sua punição.

— Impossível, sem noção. — diz Luca em choque, Silêncio Sideral ri. — Ela perdeu totalmente as estribeiras, majestade. — ele conclui.

***

Apollo estava ainda muito ferido, apesar de fora de perigo, já que seu corpo gradualmente começava a se recuperar. A mestra disse que foi muita sorte, que Silêncio Sideral o acertou em um local de fácil recuperação, não atingindo qualquer órgão vital. O que doía mais em Apollo, entretanto, não era a ferida e sim a incerteza do motivo que levou Silêncio Sideral a fazer aquilo. Ele ainda não era capaz de compreender, até que ouviu os gritos das pessoas voltando de Ariostes muito antes do previsto. Ele não pôde ver muito pois estava isolado, mas aparentemente foi algo horrível; não havia tantos feridos, mas também, pelo que a mestra deixou escapar, menos que poucos voltaram. Alguns estavam cegos, outros envenenados; esses últimos morreram menos de um dia depois. Alguns mais afortunados, que estiveram lutando contra graves moléstias, relatam que conseguiram juntar forças e esperança na vida tão logo passaram pelo portal de Bóreas; da mesma forma, relatam alguns que experienciaram a cegueira temporária: o portal lhes devolvera a claridade aos olhos, juravam. Logo Apollo foi deixado de lado para que se cuidasse mais atentamente de pacientes mais urgentes e, assim que conseguiu colocar-se de pé e voltar a andar, retornou à velha cabana onde Silêncio Sideral o traiu. Ele não quis dormir no seu antigo quarto. O colchão ainda estava manchado de sangue, embora Módimo tivesse se esforçado em limpar. A outra opção era a cama que Silêncio Sideral e Kashmir compartilhavam. Apollo, então, decidiu repousar na sala. Módimo ofereceu sua cama, mas ele não a quis.

Apollo dormia facilmente com o leite de poppy que a mestra lhe dava, mas ele não gostava dos pesadelos que lhe vinham ao sono. Ele sentia falta de ouvir as gravações de Silêncio Sideral, ele sentia falta de sua voz. Apollo abriu os olhos e, emoldurada pela luz da lareira, viu Silêncio Sideral assistindo ele dormir com um sorriso nos lábios, capa e touca.

— Você não podia ir para Ariostes — ela diz — Seu caminho não é com ela, Apollo, e nem comigo — ela diz. Grogue com o ópio que tomou, ele abre a boca para responder, mas nada sai, mesmo com todo o esforço. Ele tenta alcançar Silêncio Sideral com sua mão.

— Eu espero que me perdoe um dia, espero que saiba que tudo isso que estou fazendo é pra você. Eu queria te dizer que a gente vai se ver novamente e que teremos dias melhores pela frente. Mas eu estaria mentindo.

Apollo consegue reunir todas as suas forças, tem muita coisa que ele quer dizer, mas ele apenas diz: — Não... — Silêncio Sideral sorri gentilmente

— Porquê você me olhou daquele jeito? — ela disse com lágrimas nos olhos.

"Aquele jeito como?" pensou Apollo, incapaz de transmitir em voz alta ou de alcançar seu tom habitual.

— Você não me olhou com raiva ou surpresa, você só parecia confuso. — Silêncio Sideral lhe dá um beijo na testa e se levanta.

Silêncio Sideral deixa Boreas com todos os seus manuscritos e não é vista novamente.

Apollo pula de seu leito, sentindo uma pontada no peito: — Espere! — ele grita.

— O quê? — pergunta Módimo de seu ponto fixo em frente a lareira.

Apollo nota que já é dia. Será que ele sonhou? E então ele abre a mão, "Não, não foi um sonho". Ele tenta se lembrar das palavras dela.

"Porque me olhou daquele jeito?" — ele lembra quando ela depositou a faca em seu torso. "Que jeito eu olhei pra ela?" — ele se pergunta.

Quanto mais ele pensa, mais raiva sente. E não era exatamente pela facada, que agora nada mais era que uma espera dolorosa pela recuperação, mas sobretudo por tê-lo deixado sozinho. De repente ele sentiu como se tudo estivesse errado no mundo, fora de lugar, fora de ritmo ou sintonia. Ele percebeu também que esse era um sentimento bem familiar para ele. Notou que ele sentia-se assim todos os dias em Messina. Alguém que está no lugar errado o tempo todo, interpretando um papel que não é o dele. Em algum lugar o papel, que era para ser dele, está abandonado ou sendo interpretado por um ator chulo e, enquanto isso, ele está aqui, perdendo tempo.

Apollo se levanta, veste seu uniforme nas cores de Messina e de sua família.

— Onde vais? — pergunta Módimo emergindo de seu livro, preocupado.

— Silêncio Sideral fugiu e eu vou encontrá-la.

— O quê? — se levanta Módimo — Mas você ainda não se recuperou…

— Não me importa.

— Apollo, você não está entendendo… Celine sofreu uma enorme perda na invasão pelo portal. — diz Módimo, dando as notícias que Apollo já havia deduzido pelos gritos e conversas em meio ao seu sono de ópio — Ninguém sabe o que aconteceu ao certo, nem os que estavam lá conseguem explicar. Picadas de cobra, cegueira…um terço do exército perdido, os demais inválidos…

— O que? — Apollo não imaginava que o estrago tinha sido tamanho. — Mas como?

— Ninguém sabe onde está Celine. Ela está fechada em algum lugar, sendo tratada, mas ninguém, sem ser os mestres, têm acesso a ela. Está um caos lá fora e você não terá suporte nenhum nessa investida.

— Se eu, que tenho sangue glacinata, corro risco, o que será de Silêncio Sideral, que se foi sozinha?

— Meu amigo… — Módimo apoiou a mão no ombro de Apollo para que ele voltasse a se sentar, sem sucesso — Ela teve ajuda…

As palavras de Módimo foram para desencorajar Apollo de seguir em frente, tentar se curar. Ao saber, entretanto, que Silêncio Sideral teve ajuda, isso o deixou ainda mais intrigado. "Ajuda de quem?". Não pode ser verdade. Além disso, só de saber que a pessoa pela qual ele era responsável está sob custódia de algum estranho, após ter tentado tirar a sua vida... impossível.

Apollo trocou sua camisola de paciente por um macacão azul, que pegou emprestado da mala de seu colega, e se foi.

Capítulo 5

A prisão improvisada que Celine fez pra ela era tosca, mas era mais do que o suficiente para mantê-la imóvel. O pilar onde ela estava amarrada era largo, fazendo com que seus braços ficassem abertos em um abraço torto e ao contrário. Desde que o exército se foi, as coisas ficaram bem calmas e ela sabia que sua salvadora chegaria em breve. A enorme porta rangeu de leve com o primeiro sinal da noite e ela ouviu os sussurros de Boreana, que estava acompanhada pelo sorrateiro Sorin. Ela se aproximou de Silencio Sideral sem fazer um barulho e Sorin ficou na porta vigiando. Borana trouxe ferramentas para cortar a corrente gelada que a prendia, lhe trouxe bebida quente em uma garrafa térmica e mais um casaco.

— Não vai ser o suficiente, especialmente nesse horário. — disse a jovem.

— Eu não preciso ir longe.

— Tem certeza? Eu e Sorin estamos prontos! Podemos lhe acompanhar até um local seguro. Até o portal, se quiser.

— Vocês dois têm seu próprio caminho a seguir.

Boreana se levantou e segurou sua bolsa de viagem mais próxima. — Eu vou colocar onde você falou. — diz a garota.

O trio andou sob o abrigo das sombras até a saída montanhosa pela lateral do palácio de Froge. Boreana seguiu a leste, em direção ao portal, enquanto Silencio Sideral seguiu a norte. A todo momento e sempre que podia a garota olhava para trás preocupada. Silêncio Sideral não era tão rápida em andar na neve quanto a jovem arqueira e seu primo, mas ainda assim, mesmo ao longe, antes de sua trilha ser obstruída pela costa da montanha, ela via a garota e seu primo parando, de tempos em tempos, para observar a viajante. "Se isso tudo não for verdade, eu morro" pensou Silêncio Sideral. A cada fôlego que tomava era como lâminas entrando em sua garganta, mas era tudo parte do plano. "Que plano?" ela mesmo se perguntava. Sabia que havia um plano, sabia que tinha algo importante que precisava fazer; e, sobretudo, sentia-se compelida a andar, abraçando toda sua fé a ideia de que alguém a esperava, de que era algo material, fatual, um plano do qual ela era a definitiva chave para sua concretização.

Quando ela achou que não ia conseguir mais andar em meio à escuridão, uma sombra alta se movimentava longilínea, predatória em seu encontro. Essa sombra, mais escura que a escuridão que a cercava, parecia, a princípio, uma miragem, uma manifestação de pensamentos intrusivos, de perigo iminente. Ela parou de andar e esfregou os olhos: era real. Os cabelos longos e claros escapando pelos lados de sua capa voando junto com a neve, os olhos brilhantes a observando na noite. Silêncio Sideral não queria mais andar. E, portanto, parou ali, deixando que a sombra a cercasse rapidamente. O mais estranho de tudo foi quando ele adentrou num primeiro foco de luz: o homenzarrão, longilíneo, predatório, perigoso, estava sorrindo. Não um sorriso maldoso, ela notou. Ele sorria feliz, inocente. Correu ainda mais rápido os últimos metros e pulou em cima Silencio Sideral com um abraço tão forte que a tirou do chão.

— Eu não acredito — ele disse, com o rosto enterrado no pescoço de Silencio Sideral — Até esse momento, mesmo depois de tudo, eu ainda duvidei que fosse te encontrar.

Como uma placa de gelo Silencio Sideral ficou e, tão logo sentiu-se liberta do cumprimento, o homem afrouxou os braços e pareceu confuso ao não sentir reciprocidade.

— Oh... — ele percebe — Você não é a mesma, não é?

— Do que você está falando?

— Meu nome é Solfieri, você não me conhece ainda... mas eu e você somos melhores amigos!

— Solfieri?

— Pode me chamar de Solfi, minha irmã me chama assim. Eu sinto muita saudade dela... e de você também. Vamos! Eu preparei uma cabana aqui perto! Vamos pôr você de volta no seu caminho o quanto antes.

Capítulo 6

Quando o sol bateu do jeito certo nos glaciais de Gothengard, Solfieri assistiu a luz branca da estrela morta de Orácula refletir na neve e projetar-se de volta no espaço. Era uma cegueira branca, desorientada, que parecia disposta a fender os olhos com seu brancor agudo. Então ele fechava os olhos e esperava seu corpo absorver toda aquela luz pálida para, quando os abrisse novamente, pudesse sentir familiarizado todos os elementos daquele vale gelado em sua pele e em seu ser novamente. A maioria se desviava desse momento, tampava os olhos, olhava pro chão, mas não Solfieri. Solfieri cresceu na fronteira entre Fröge e Gothengard, com pai um *fabro* caixeiro viajante, Solfieri percorria a terra e ouvia histórias de heroísmo e de glória. Ele também era bom de briga, tinha que ser. As estradas ficaram cada vez mais perigosas com os anos e seu pai não se protegia sozinho. Ninguém esperava que o filho de um fabro renomado de Gothengard, famoso pela engenharia e criatividade, iria escolher o caminho da espada. Mas Solfieri deixou para sua irmã o legado econômico da família e, assim que pôde, abandonou seu nome para se juntar ao exército.

Solfieri focou em fazer tudo que podia para elevar seu ranque, construindo solidamente sua carreira militar, para finalmente atingir seu objetivo maior: ser o lanceiro da rainha. Ele sempre dava o máximo de si em todas as tarefas dadas. Acontece que tudo que Solfieri fazia ele o fazia com uma dedicação e um empenho exemplares. Diziam, inclusive, de que se tratava, em certas ocasiões, de um desagradável perfeccionista. De qualquer forma é sabido que o exército precisava mais de patrulheiros do que lanceiros. No primeiro ano, ele cumpriu seu papel de patrulheiro com bom humor, pagando o que era necessário para provar seu valor, e seu valor ele provou. No segundo ano ele seguiu e, depois do segundo ano, veio o terceiro: sua atitude positiva deu a volta completa para o mau humor e frustração absoluta, e ele sabia que nesse ponto seria um milagre ele ser transferido para lanceiro. Os patrulheiros viajavam em duplas e, a princípio, Solfieri aceitava. Depois, entretanto, ele passou a seguir sozinho e não existia ninguém no exército que mantinha o passo com o dele. O comandante dizia que, se ele se perder nos glaciais, poderiam se passar anos até que alguém encontrasse seu corpo congelado. Mas Solfieri não se importava, não se importava em congelar: apenas se importava em andar, patrulhar, desbravar — e nisso ele era o melhor. Ele era o melhor maldito patrulheiro que já pisou naquelas terras e, deus, como ele odiava ser bom nisso. Solfieri fechou os olhos para a imensidão branca, em mais uma manhã, respirou fundo, e sentiu o gelo entrar em seus pulmões. O comandante sempre colocava uma dupla para seguir o rastro dele, no caso de acontecer algum acidente com Solfieri. No entanto, duas vezes ele já precisou salvar os patrulheiros de apoio. Dessa vez ele não se preocupou em manter um olho no paradeiro de seus colegas: viajou rápido e impassível como o vento. Ele ia marcar até o portal de Boreas, no limite norte fora dos glaciais, e voltar, então as chances de seus seguidores se perderem era nula.

Solfieri teve a impressão de ouvir alguém. Ao abrir os olhos, esperando absorver a imensidão branca, ele avistou um pontinho ao longe, um borrão vermelho. "Sangue?", não... mesmo assim ele correu com certa urgência até o local. De bruços, na neve, estava caido um corpo e, em seus cabelos, um grande laço vermelho. Ele virou o corpo e percebeu que ela estava mole. Se fosse mesmo glacinata, não estaria congelada ainda. Tocou em seu pescoço e descobriu que ainda era quente. Ela era uma moça de sangue quente: ela ia morrer.

Solfieri em seus dois metros de altura, longilíneo como era, colocou a moça nas costas como uma mochila e se aproveitou de cada centímetro que ele tinha em suas pernas longas para chegar até o acampamento do batalhão, suas duas sombras o viu marchando e seguiu. Eles faziam perguntas: "Quem é ela? De onde veio?" mas como sempre, Solfieri os ignorava, única vez que não ignorou foi quando um deles caiu pelo gelo fino e ele teve que pular na água para salvá-lo. Não lembra qual dos dois foi, não sabia qual era qual pelo nome.

Os dois rapazes correram na frente ao avistarem o acampamento e já mobilizaram ajuda. "Souberam ser úteis uma vez na vida", pensou Solfieri, com certo desdém, e talvez certa inveja, pois ele sabia que ambos não eram bons o suficiente em patrulhar, já que mal mantiveram o passo com ele; isso enquanto carregava uma pessoa inteira nas costas. Ele sabia também que, por causa disso, provavelmente seguirão o ranque até virar lanceiros, como muitos fizeram antes deles.

Solfieri passou reto pela ajuda e seguiu até o lago de águas mornas, na encosta da montanha, ao fim do acampamento.

— Onde vais? — gritou o mestre já a postos para curar quem quer que ele trazia.

— Sangue quente, forasteira. — disse Solfieri ofegante.

— Sozinha? — perguntou o mestre, mas Solfieri não respondeu. Ele conseguiu chegar até o lago na encosta da montanha. O vapor saía da água mais forte do que de costume e ele entrou nas águas mornas com a sua bagagem nas costas.

— CUIDADO! — disse o mestre. — Se entrar assim de uma vez ela pode sofrer queimaduras.

— Ela está usando algum tipo de traje — diz Solfieri, pegando a moça nos braços como uma criança, tirando seus cabelos do rosto. O mestre olha da beira da água. — Vou pedir roupas limpas para você e cobertores para ela.

O corpo dela tremia; deve ser o choque térmico, pensou Solfieri. Seu queixo chacoalhava descontroladamente "pelo menos não está morta", pensou ele, e colocou a mão no queixo dela, para ajudar a parar de tremer. Ela travou a boca, respirando com uma pressa que foi se acalmando. Ela não era uma moça, Solfieri reparou: era uma mulher. Moveu novamente o cabelo dela para observar direito. Não, talvez ela fosse uma menina. Ele olhou novamente: uma mulher com feições gentis, delicadas. Solfieri via seu rosto jovial enrijecido por anos de experiências, nem todas boas. Era impossível dizer a idade dela. Então, ela abriu os olhos e olhou nos olhos dele. Solfieri não disse nada, mas ela sorriu.

— Solfi, você atrasou. — ela disse com forças apenas para erguer seu braço o suficiente para tocar no rosto dele. Então desmaiou novamente.

Com o retorno do mestre e seus ajudantes, Solfieri saiu das águas vulcânicas do Vale Fröge. A mulher foi retirada de seus braços com rapidez. Solfieri tentou seguir:

— Fique! — disse o mestre, o impedindo e lhe entregando um bolo de roupas secas — Você está muito gelado e precisamos aquecê-lo, acima de tudo. Se vista e se aqueça antes. Logo Solfieri se encontrou sozinho à beira do lago. Antes que suas roupas molhadas se congelassem, Solfieri despiu-se.

Solfieri perguntou, para quem ele pôde encontrar por perto, onde estava a moça que ele resgatou. Não demorou muito para que lhe revelassem em qual tenda ela estaria repousando. Ao entrar, foi atingido por um bafo quente: no centro da tenda havia três aquecedores. Era uma tenda médica grande, mas estava sem ninguém... salvo o mestre e duas aprendizes. — Ela está bem. — disse o mestre, por fim. — Luana, vá até o general e peça por um guarda.

— Não. — disse Solfieri — Eu fico. — ele concluiu.

— Ok. Não sabemos quem ela é... se é uma prisioneira, inimiga ou apenas azarada. Foi perto do portal que a encontrou, não foi?

— Sim.

— Aquele portal nunca é usado por pessoas de fora, não é usado a anos.

— Eu sei. — Respondeu Solfieri.

— O que você acha que aconteceu?

— Não tenho ideia.

— Três minutos desmaiada no gelo, mesmo com o traje, sem capacete, ela morreria. Estamos nos aproximando da época mais fria. Estrangeiros são punidos por Boreas nessa época do ano.

— Eu sei. — disse Solfieri. — Eu não pensei em investigar a cena ou questioná-la, apenas pensei em trazê-la até você.

— Você fez bem — disse o mestre, apoiando a mão no ombro de Solfieri e saindo da tenda. — Me chame assim que ela despertar.

Solfieri andou até a moça, que dormia enrolada como num casulo. Ao lado do aquecedor estava seu traje, um macacão que cobria o corpo todo; não era espesso, como uma simples roupa de frio, mas era tecnológico, de uma tecnologia que ele jamais havia visto anteriormente. Cinza claro, quase branco, com detalhes em azul. Por cima do traje ela estava com um cobertor azul anil, com bordados em linhas de ouro, algo luxuoso semelhante às coisas que seu pai fazia e negociava. Por cima daquilo, uma capa de peles de urso e lobo ainda molhada, pingando no chão: era algo típico que os estrangeiros usavam ao viajar por essas terras. No entanto, tinha algo de peculiar naquilo tudo. Solfieri examinou novamente o macacão: "U.S.S Azincourt", estava escrito nas costas.

— Hey. — ela disse olhando para Solfieri que estava em pé na cabeceira da maca baixa em que ela se encontrava encasulada, quase encostando nos aquecedores elétricos.

— Eu te conheço? — Perguntou Solfieri.

— Conhece? — ela respondeu, a voz dela era delicada e melódica e, de certa forma, cabia perfeitamente com a boca da qual ela saia.

— Você é amiga da minha irmã? — ele perguntou — Eu não lembro de jamais ter lhe encontrado antes. Lembraria se te conhecesse.

— Meu nome é Silêncio Sideral. Você não me conhece ainda, mas eu e você somos melhores amigos, Solfi.

— Só minha irmã me chama de Solfi. — ele disse.

— Sua irmã e eu. O que é isso? — ela perguntou mexendo nas roupas que vestia, era um par de pijamas marrom e tecido grosso, grandes demais.

— Pijama térmico. — respondeu Solfieri.

— Eu to morrendo de calor... vocês tão querendo me assar? Deve tá uns quarenta graus aqui dentro. Onde está meu datapad?

— O que?

— No bolso do meu traje, na perna direita. — ela disse; Solfieri mexeu no traje e o encontrou. Ela olhou algo na tela do dispositivo. — 38 graus? Vocês são malucos... — ela disse e riu, saindo de dentro do casulo por completo e se sentando na maca de pernas cruzadas, estilo borboleta. Olhou para Solfieri sorrindo.

— Então é assim... — ela diz, com um sorriso doce no rosto.

— O que?

— É assim que te conheço — passos se aproximam da tenda e, em questão de um segundo, estava ela, novamente, enrolada na cama, fingindo dormir.

— Ainda? — diz o mestre abrindo a cortina. — Vim checar a garota, e também trouxe vinho quente pra você. Logo vão trazer comida para vocês dois. Me chame assim que ela acordar, ok? — Solfieri pegou a caneca e o mestre saiu novamente. Ele não tinha muito o que fazer nesse batalhão; eles viam pouca ação, nada além de meros acidentes, nada assim tão interessante acontecia fazia muito tempo. No mesmo momento que ele saiu da tenda a moça se levantou novamente e voltou a posição que estava antes, pegou o vinho quente da mão de Solfieri e bebeu.

— Você é muito abusada. — ele disse. — Você sabe que está em uma posição delicada, não sabe?

— Em relação a você ou ao mestre? — ela devolveu a caneca, Solfieri foi beber, mas não tinha nada. Ele respirou fundo de raiva e disse impaciente.

— Ambos!

— Eu preciso de um favor.

— Mais um? — ele disse — Salvar sua vida não foi o suficiente?

— Eu quero que você volte até o portal. Ao lado do arco você vai encontrar meu capacete. Embaixo dele tem uma bolsa com alguns itens dentro. Eu preciso que os guarde pra mim.

— De jeito nenhum — ele diz, incrédulo — Eu não sei nada sobre você, eu não sei de onde veio, não sei nem seu nome. Jamais!

— Eu sou Silêncio Sideral e eu vim do futuro — ela diz, sem cerimônia, e Solfieri ri com cinismo, se sentando ao lado dela.

— No futuro eu sou lanceiro da Rainha? — ele pergunta, num tom menos sarcástico, ainda segurando o traje de Silêncio Sideral, passando o dedo pela escrita "Azincourt". Silêncio Sideral ri e diz por fim:

— No futuro, você é o porta-bandeira da rainha e segundo no comando em todo reino. — Solfieri ri, dessa vez uma risada triste. Silêncio Sideral passa seu braço por cima dos ombros nus do rapaz e deita sua cabeça em seu ombro; ele não sabe porque, mas ele deixa. — Eu e você Solfi… nós somos amigos, grandes amigos. Você só não sabe disso ainda.

Capítulo 7

"*Q uando você pegar a bolsa, e olhar dentro dela, você vai entender*" — Solfieri repete, imitando Silêncio Sideral, enquanto anda na nevasca noite adentro. O portal glacial e Boreas brilham sob a lua vermelha e, dele, luzes multicores refletem na neve. Era fácil encontrá-lo mesmo sob essas condições. Ao lado do portal, iluminado, como algo de outra realidade, jazia uma bolsa de viagem, e embaixo dela, enterrado na base do portal, Solfieri encontrou algo: era um bloco de gelo. Ele notou o tecido da bolsa saindo pelas laterais. Quebrou o bloco sem dificuldade, era apenas uma crosta de gelo mais dura envolta do objeto. Solfieri abriu a bolsa, encontrando um diário de couro e papéis. E então ele viu a coroa de Bóreas, ou uma réplica perfeita. Solfieri hesitou em tocá-la, pois sabia que a coroa de Bóreas era um objeto lendário e quem não fosse merecedor daquele objeto não poderia sequer tocá-lo ou sofreria consequências. Ao se pegar pensando isso, achou-se tolo e imediatamente segurou a coroa nas mãos; *"O que uma forasteira estaria fazendo com a real coroa de Boreas?"*. Era gelo eterno: não lhe parecia lendária, mas sim uma coroa comum, uma réplica forjada por um hábil artesão. Mas, mesmo assim, como uma estrangeira, sabe-se lá de onde, teria um item assim? Ele colocou de volta na bolsa e voltou para o batalhão. Na manhã seguinte, eles voltariam para Vila de Boreas, sua cidade natal em Fröge, e esperariam pelo regresso da rainha, pelo o banquete de sete dias e a longa noite.

Solfieri fez como instruído, guardou os itens com seus pertences e foi procurar Silêncio Sideral, não a encontrando na tenda. Ouviu um grupo de pessoas rindo de algo, em alguma conversa, ao redor da mirrada fogueira nas proximidades. Aproximando-se, divisou

Silêncio Sideral conversando com todos. Ela se colocava como uma pessoa muito acessível, aliás. Achava que era algo só com ele, mas todos ali se aproximavam dela com facilidade e confiavam com relativa rapidez. Solfieri se sentia tolo e esse sentimento de tolice vinha com mais frequência do que costumava vir antes de encontrar Silêncio Sideral. Solfieri se aproximou e, assim que saiu das sombras, as pessoas o notaram; Silêncio Sideral olhou para trás e o reconheceu, olhou para suas mãos e viu que ele não carregava nada.

— Sente-se, rapaz! — disse um dos homens, na roda da fogueira. Silêncio Sideral se afastou dando espaço para que Solfieri se sentasse ao lado dela. — Você ainda é guarda da Azincourt? — disse o homem novamente.

— Guarda...guardião... — respondeu Solfieri.

— Você tem que cuidar da raposa depois de domá-la. — disse o homem e direcionou uma piscadela para Silêncio Sideral — Logo você recupera sua memória e poderemos te entregar em casa, sua família há de estar preocupada. Foram muitos os forasteiros que perderam parte de suas mentes em meio aos assobios das montanhas.

— Com a longa noite em nosso encalço seria arriscado demais viajar para Aldebaran agora. — diz Solfieri

— Eu vou me hospedar com Solfi durante a longa noite e os sete banquetes. — disse Silêncio Sideral. Solfieri olhou para o lado, com as sobrancelhas apertadas. Essa notícia era novidade para ele também.

— Espaço vocês terão. O herdeiro do maior Fabro da rainha há de ser agraciado com boas acomodações. Só não sei porque escolheu uma vida de patrulheiro quando podia ter seguido os passos do pai em direção a uma vida de riquezas e sossego — diz uma mulher afiando uma faca. Solfieri a ignora como se acostumou a fazer. Então, irritado com a presença de outros seres humanos e a conversa excessiva, passou a mão impaciente pelos seus cabelos curtos, bagunçou sua franja e se levantou. — Vamos. — ele disse a Silêncio Sideral e ela seguiu.

Solfieri deu passos largos e Silêncio Sideral teve que correr para poder acompanhá-lo. Ela perguntou se ele encontrou o que ela pediu para ele buscar. Ele disse que sim e, ao chegarem ao destino final, Solfieri abriu sua mochila e mostrou o que tinha dentro.

— Porque você tem uma réplica da coroa de Boreas? — ele perguntou sussurrando.

— Não é uma réplica. — ela respondeu. Solfieri não respondeu, ele fechou a mochila, certo de que estava lidando com uma pessoa desequilibrada, possivelmente confusa após ter se perdido na neve. Solfieri sabe que os assobios das montanhas podem ter efeitos na mente de quem vem de fora. Boreas não é gentil com forasteiros, especialmente nessa época do ano.

A viagem até a Vila de Boreas não foi longa e foi Citrine quem patrulhou dessa vez, a moça da faca: esse era o nome dela. Ela era novata, mas já era considerada uma das melhores, tão boa que, assim como fizeram com Solfieri, permitiram que ela seguisse sozinha, com sombras patrulhando mais próximo de sua trilha, apenas por precaução. Solfieri não patrulhou dessa vez, pois estava encarregado de guardar Silêncio Sideral.

— Eu não sei o que é pior, você mentir que perdeu a memória ou você falar que tem memória e revelar esse monte de asneira que você vem me falando nesses últimos dias — diz Solfieri, assim que os portões da Vila de Boreas se abrem.

Dentro da cidade era pura festa, era uma cidade linda e cheia de alegria, próspera. As casas eram pintadas de diversas cores complementadas pela Aurora Borealis comum nos céus daquela região. Algumas casas eram mais antigas e feitas de gelo. Havia uma fonte no centro da cidade, totalmente feita de gelo eterno. Uma construção à frente levantava-se em seguida, um templo usado como área comum de toda a cidade para festas e reuniões. As casas de pouso e os sítios de mercantes, com suas portas abertas, recebendo o batalhão; famílias correndo ao encontro de seus entes queridos.

Solfieri seguiu sozinho com Silêncio Sideral em seu encalço. Passaram pelo cinturão de pessoas que esperavam seus conhecidos e seguiram até o final da rua, passaram por um portão de ferro, percorreram uma alameda bem adornada e chegaram na casa, ou melhor, na mansão da família Fjorn.

— Vai comentar algo sobre minha casa? — diz Solfieri — É herança e eu não frequento. Meu pai morreu, minha irmã assumiu o negócio da família e se mudou para Aldebaran... e minha mãe fugiu com um forasteiro quando eu ainda era uma criança.

— Eu sei, eu lembro. — respondeu Silêncio Sideral, Solfieri riu com cinismo.

— Lembra sim... — disse Solfieri, passando direto pela porta principal da mansão e indo para uma casa menor, aos fundos.

— Seu pai te trazia laranjas e bananas e você esperava a fruta congelar. Usava para destruir esculturas de gelo que fazia. — Disse Silêncio Sideral, Solfieri parou de andar e olhou para trás para vê-la, mas como tentando se lembrar de algo. Ele então abriu a porta da casa dos hóspedes. Silêncio Sideral entrou e se jogou no sofá de couro marrom em frente à lareira.

— Eu não lembro de ter tido testemunhas... — ele concluiu, após usar esses momentos para pensar em todas as ocasiões em que ele fez aquilo, e colocou a mochila em cima da mesa no segundo ambiente da casa. — mas também, minha irmã pôde ter me visto em um desses dias e te contado.

— Pode ser. — disse Silêncio Sideral indo até a lareira, tentando ligá-la. Solfieri não aguentou ver ela tentando sem sucesso e tomou a frente, acendendo o fogo sem dificuldades. — Nós precisamos entregar a coroa para a rainha. — disse Silêncio Sideral.

— Devo marchar até o forte Fröge no dia do banquete e oferecer a rainha uma réplica da própria coroa que ela já tem? — diz Solfieri, com sarcasmo — Ou eu posso ir para o banquete usando a coroa, ou talvez colocar na cabeça dela enquanto ela estiver dormindo, cantar uma canção...

Silêncio Sideral riu. — A coroa que ela tem é uma réplica, essa é a real. — concluiu ela. — Ela vai agradecer muito quando você a entregar.

— Eu jamais faria isso. — respondeu Solfieri — Até eu tenho meus limites. Eu sugiro que você tente conter sua loucura aos confinamentos dessa casa até acabar a longa noite e a gente poder te por numa comitiva para Aldebaran. De lá você faz o que você quiser. — Após isso, Silêncio Sideral fica pensativa como quem escaneia a própria memória. Solfieri se aproxima por trás do sofá e se debruça para falar com ela: — Não é simples assim ter acesso a rainha. — ele diz com mais calma. — Eu entendo que o item que você tem, réplica ou não, é algo de muito valor só pela matéria prima, mas eu não posso...

Silêncio Sideral se virou para olhá-lo nos olhos e descansou sua mão na dele: — Eu sei Solfi. — ela diz. — De qualquer forma, amanhã a rainha retorna e poderei seguir com o que devo fazer.

— A rainha volta daqui uma semana. — Corrige Solfieri.

Na tarde do dia seguinte, a Rainha retorna com seu batalhão. O plano de oferecer apoio ao batalhão de seu irmão Gael foi genial, além de sofrerem ataques de Ariostes antes do esperado as naves de Sophia, que deveriam se juntar ao comando de Gael, aparentemente chegaram convenientemente atrasadas, o príncipe quase perdeu a vida: a teria perdido se a rainha não tivesse chegado em tempo. Afora isso, soube-se que a rainha Maeva entrara em trabalho de parto, ali mesmo, no campo de batalha. A cidade ficou em êxtase, uma mistura de alegria pela chegada da nova princesa e futura rainha Una Boreas, e tristeza pelos homens que caíram em batalha defendendo o príncipe. Solfieri retorna à casa confuso, para encontrar Silêncio Sideral sentada no sofá assistindo o fogo crepitar na lareira.

— Como você sabia da emboscada de Gael? — pergunta Solfieri, alarmado. Silêncio Sideral olha para trás — Como sabia que a rainha voltaria hoje?

— Eu vim do futuro — ela responde, se virando novamente para assistir o fogo. — Eu lembro de tudo.

— Não tem como. Você deve ter batido a cabeça ou sofrido algum tipo de trauma perto do portal: você sabia disso no seu subconsciente e, de alguma forma, trouxe à tona algo que para você, e apenas você, possa fazer sentido. Talvez você tenha mesmo perdido a memória, aí a sua mente começa a criar essa narrativa...

— TÁ BOM! — ela interrompe — Ok! Eu sou maluca. Maluca ou não, preciso deixar a coroa com a rainha. Você consegue me ajudar com isso? Depois disso eu vou embora, eu juro.

— Não é isso... — Solfieri começou em uma linha de pensamento e parou, hesitou em continuar. — Não é qualquer um que tem acesso a rainha.

— Podemos dar a coroa no dia do nome da princesa, como um presente. Não podemos? A coroa vai ser da Una, de qualquer jeito...

— Não, apenas lanceiros têm acesso ao castelo. Patrulheiros sem família não são convidados.

— Se eu conseguir que você se torne lanceiro, você me ajuda com a coroa? — ela pergunta, voltando a atenção pra ele.

— Claro! — diz Solfieri — Se fizer isso faço qualquer coisa.

— Até acreditar na minha loucura? — ela diz, arqueando uma sobrancelha.

— Seremos loucos juntos. — Solfieri sorri.

No fundo, ele sabia que ele era uma causa sem salvação, que ser lanceiro já era um sonho fora de seu alcance. No primeiro dia de banquete ele não planejou ir a lugar algum, mas Silêncio Sideral insistia que ela gostaria de experienciar a cultura glacinata, então praticamente forçou que Solfieri a levasse em alguns banquetes pela cidade. Ele ia levá-la ao banquete no templo de Bóreas, situado num prédio lindo feito de gelo eterno onde a maior parte da cidade se reunia, mas ela não quis nem olhar duas vezes para o local e passou reto para a taverna na entrada da cidade. A comida era boa, mas não tão boa quanto a do banquete da cidade; o local era famoso pelas bebidas, jogos e eventualmente brigas. Lá era onde muitos soldados sozinhos como ele passavam boa parte do tempo. O anti-social Solfieri pôde contar em uma mão as vezes que ele pisou no local.

Ao entrar, o lugar estava menos cheio do que ele imaginava, no entanto avistou de cara dois homens negros sentados no bar rindo e compartilhando bebida com uma mulher glacinata, uma lanceira.

— Os irmãos de Sophia estão aqui. — informou Solfieri a Silêncio Sideral — Você sabe quem são?

— Eles são protegidos da Rainha Maeva, adotados por ela e educados ao lado do príncipe Gael, os únicos aprendizes de Ferlin da Alvorada, Altrum Dei do da Vossa Majestade, Rainha Maeva. — disse Silêncio Sideral. — Precisamos seduzir Mauro. Eu vou ficar alí no canto e você vai se sentar a um banco de distância dele. — disse Silêncio Sideral sussurrando e apontando ao homem mais alto e mais bonito dos dois.

— E aí? O que eu faço? — perguntou Solfieri.

— Nada, espera que ele vai vim falar com você.

— Aí eu apresento ele a você? — perguntou Solfieri novamente, Silêncio Sideral riu.

— Apenas responda, seja educado e diga a verdade... Ok? — disse ela convicta, como se estivesse a par de um detalhe que Solfieri desconhecia. Ele olhou com suspeita, mas, ao mesmo tempo, sentar num banco de bar sem fazer nada não devia ser algo difícil.

Assim que Solfieri se sentou, não deu tempo do bartender chegar para perguntar o que iria beber que Mauro, proativamente, já estava ao seu lado, oferecendo uma bebida. — Eu nunca o vi antes. Qual o seu nome? — perguntou Mauro. Mauro era quase tão alto quanto Solfieri, tinha olhos grandes e intensos, sobrancelhas fortes e cílios escuros, Mauro era um Sophiano puro, de voz poderosa e autoritária, mas sorriso fácil. De certa forma, ele era o oposto de Solfieri, cuja voz era um pouco rouca e baixa, com feições delicadas demais para seu porte e personalidade, e um mau humor que não combinava com o sorriso inocente que ele raramente deixava escapar.

— Meu nome é Solfieri Fjorn, sou patrulheiro do batalhão do quarto punho da rainha — respondeu Solfieri de imediato.

— Patrulheiro pro quarto punho? Esse é o punho do batalhão formado pelos patrulheiros, né? — concluiu — O que guarda nossas terras e fronteiras.

— O mesmo — respondeu Solfieri. Mauro pegou um assento e seu enorme sorriso branco se abriu mais ainda.

— Que honra! — diz Mauro — O batalhão que nos protege! O batalhão dos patrulhas foi uma peça chave para que ganhássemos essa batalha.

— Eu fiquei sabendo. Infelizmente, muitas vidas foram perdidas no porto dos espinhos. — disse Solfieri.

— É... — Mauro perdeu um pouco seu sorriso à medida que ia recordando alguns companheiros valorosos que partiram — O príncipe Gael não quis esperar... paciência não é seu forte. O idiota quase morreu...e me levou junto. Mauro terminou sua bebida e Solfieri começou a beber a sua. Com um gesto, Mauro já anunciou ao bartender para que trouxesse a próxima

— Não existe patrulheiro nesse mundo que convença Gael de que o exército inimigo é grande demais. Não fosse a chegada de

Maeva estaríamos todos dizimados e os malditos estariam a meio caminho andado da Vila.

— Eu imagino.

— Talvez você o convencesse. — Diz Mauro, voltando a sorrir e apoiando a mão no ombro de Solfieri, apertando-o calorosamente.

— Eu nem tentaria. — respondeu Solfieri sinceramente.

— Por que não?

— Porque meu sonho desde, que me juntei ao exército, é, me banhar com o sangue quente dos ariostianos e aquela seria minha chance. Chance que nunca tive como um reles patrulheiro, por todos esses anos. — Mauro perde o sorriso na hora e tira a mão do ombro de Solfieri. Solfieri nota a reação do sophiano e os dois se encaram por um tempo; o Sophiano, já um pouco bêbado, ri. Solfieri sorri também, meio incerto, e tão logo o sophiano passa a gargalhar abertamente. Mais bebida chega e os dois gargalham juntos.

— Se banhar em sangue quente... ah, essa foi boa! — riu Mauro. — Mas você sabe... foi bom termos feito isso. Foi bom poder por meu treino à prova, eu nunca achei que Gael fosse contra meus conselhos, mas no final, sabendo que ele não morreu, fico feliz que ganhamos essa batalha, apesar de ainda não termos vencido a guerra ainda.

— Fico feliz por todos nós, mas gostaria de ter compartilhado a glória na frente de batalha.

— Seria bom ter alguém como você no batalhão. Eu certamente gostaria de ter sua companhia. Poucas pessoas entendem meu tipo de humor —disse Mauro —Com tantos que pereceram, precisamos repor nossas forças. — Mauro olhou triste para sua caneca de cerveja.

— Seria uma enorme honra. — diz Solfieri.

— Aos mortos! — disse Mauro em voz alta para todos ali ouvirem. Todos na taverna ecoaram com ele "aos mortos" e beberam juntos. — GAYLEN! — gritou Mauro a glacinata que os acompanhava e ela prontamente se aproximou. Solfieri notou que ela estava totalmente sóbria e apenas observava os primos. "É a guardiã", pensou Solfieri. — Fala com o quarto punho do batalhão de Maeva, avisa que estamos transferindo o patrulheiro bonitão deles pro nosso.

— Mauro, ele é Solfieri Fjorn. — ela disse. Solfieri virou os olhos e fez uma cara.

— E daí? — respondeu Mauro, claramente mais embriagado.

— E daí que, além de ser filho de um Lorde Fabro, ele é o melhor patrulheiro que já pisou nesse planeta. Ele viaja a pé com o pai desde que tinha sete anos, ninguém conhece melhor essas terras do que ele. Fora isso, a pedido da irmã e do pai, é preciso mantê-lo longe dos clarões da batalha. Pelo menos, pelo que fiquei sabendo, até que se tenha um herdeiro.

— Um pedido idiota que foi feito quando eu tinha dezesseis anos. Meu pai já morreu e minha irmã nem está mais aqui. — disse Solfieri.

— Não importa, querido — diz Mauro, se aproximando — Não precisa discutir. Você quer algo, certo? E eu vou te ajudar, ok? — Mauro, então, se vira para Gaylen, — Você é adulta, ele é adulto, eu sou adulto, todo mundo é adulto...ele quer ser lanceiro da rainha, a rainha precisa de lanceiros novos, qual a dificuldade? Faz acontecer, é um pedido direto do príncipe.

— Entendido. — diz Gaylen, irritada e sem energia para continuar a discutir com Mauro na situação em que ele se encontrava.

— Amanhã passamos a transferência. — ela diz a Solfieri.

— A tempo de você participar da ceia do sétimo dia! — diz Mauro contente.

Em seguida, alguém esbarra em Solfieri, pede desculpas, e num átimo de tempo Solfieri nota que é o vulto de Silêncio Sideral. Ela anda até a porta e abre, mas não se mexe.

— Nos vemos novamente então — diz Solfieri a ambos ali presentes. Sid ergue um copo de fundo e Solfieri acena.

Solfieri sai da taverna boquiaberto para encontrar Silêncio Sideral, com um sorriso largo no rosto habitualmente fechado, indisfarçável.

— E aí? — ela diz empolgada. — Começa quando?

— Como você sabia? — pergunta Solfieri abismado.

— Mauro tem uma fraqueza.

— Fraqueza?

— Homens altos e loiros... quanto mais alto e mais loiro, mais generoso ele se torna. E você é bem alto e bem loiro, foi uma simples questão de lógica.

— Eu não vou... — diz Solfieri, apontando para a taverna — Meu estilo de vida-

— Ele e Gael... — ela diz interrompendo — Não se preocupe com isso, Mauro está comprometido e, por mais que ele goste de flertar, ele é leal demais e nunca trairia o amor da vida dele.

Ela começa a andar em direção ao banquete ao qual Solfieri queria levá-la inicialmente e Solfieri a alcança em poucas passadas — É difícil admitir, mas, desde que a conheci, você tem me assustado.

— Assusto como?

Solfieri não respondeu. Eles foram para o banquete juntos e foram recebidos com olhares das pessoas ali. *"Solfieri Fjorn com uma forasteira, deve ser mal de família, a mãe fugiu com um, a irmã está com um Golivera, que é praticamente um forasteiro, e agora Solfieri desfilando pela vila com a primeira forasteira que ele achou na neve"* — imaginou ele, que era isso que pensavam. A noite, todavia, foi passando e ele notou que a presença de Silêncio Sideral era mais bem recebida que a dele próprio. As pessoas hesitavam em vir conversar com ele, mas não tinham dificuldade alguma em se aproximar de Silêncio Sideral, a quem chamavam de Azincourt devido ao traje que ela usava. Ela alegava, segundo diziam, não se lembrar de nada, nem do próprio nome. Voltou a vestir o traje por falta de opções, o que fazia com que ela se destacasse ainda mais como uma pessoa de fora. Aos poucos as pessoas foram se aproximando. Talvez o fato dele estar cuidando de uma completa estranha, e ter alguém como ela ao seu lado, fazia com que ele parecesse mais humano. No primeiro banquete, que inaugurava a longa noite, as pessoas chegavam a festejar por quinze horas seguidas o fato do sol não nascer. A bebida, regando a festa de pessoas que passaram esse ano todo trabalhando ou longe de casa, fazia com que o tempo rodasse de uma forma diferente. Solfieri não notou o tempo passar até que viu Silêncio Sideral debruçada numa mesa, caindo de sono. Ele a chamou, a segurou pela mão e foram andando para casa.

Chegando lá ela parecia mais alerta, removeu a capa de pele que cobria seu traje e pendurou na entrada, Solfieri leu novamente o nome escrito atrás. O traje cabia nela de forma adequada, era apertado no corpo e delineava sua silhueta com exatidão.

Silêncio Sideral jogou alguns gravetos ao fogo da lareira e se sentou ao lado de Solfieri.

— Porque você disse que se assustava comigo? — ela perguntou.

— Ué, você não sabe de tudo? — ele disse com desdém.

— Não, eu sei o que é e o que vai ser, mas eu não sei o que você sente, nem o que pensa.

— Foi algo que disse instintivamente, perdão se passei da linha.

— Não é isso — ela se vira de lado para olhar pra ele — Por mais que eu lembre das coisas que vão acontecer, ou sei lá, nada é certo, livre arbítrio ainda existe e tudo pode ainda ser transformado. Se não, eu nem estaria nessa missão pra começar, entende? — Solfieri se vira para ela, seu rosto iluminado pelo fogo da lareira, suas bochechas levemente avermelhadas, seus olhos cinzas refletindo um pouco da luz, pareciam tristes sob essa iluminação míngua.

— O jeito que você me olha... — ele admite por fim — Desde que abriu seus olhos, esse jeito que você me olha me assusta. Me prende. No fundo eu sei, você me olha como alguém que acredita em mim mais do que eu mesmo, me olha como alguém que me conhece intimamente, mais do que eu posso admitir. — Solfieri coloca a mão no rosto de Silêncio Sideral, ela sorri e beija a palma da mão dele, se alojando embaixo de seu braço — Amanhã a gente traça um plano pra essa coroa — diz Solfieri por fim e ambos assistem o fogo da lareira juntos, em silêncio.

Eles vão até a casa principal e Solfieri guia Silêncio Sideral até o quarto de sua irmã. Tudo parecia abandonado no tempo, as cinzas de um fogo que queimou anos atrás ainda estavam na lareira. Solfieri mostra os aposentos de sua irmã, onde estavam todos os vestidos que ela abandonou quando se mudou para Aldebaran.

— Escolha um vestido. Enquanto isso, vou achar uma caixa de jóias grande o suficiente para guardar a coroa.

Solfieri foi até o fundo e pegou um manequim com um enorme vestido bege com bordados e adornos dourados e um colete preto, mangas longas enfeitadas de decote canoa, ombros expostos. — O que acha desse? Ela nunca usou. — disse Solfieri.

— Esse vai servir. — disse Silêncio Sideral.

Eles terminaram de recolher o que precisavam e saíram.

O plano é ir até o banquete da rainha, Solfieri como lanceiro e Silêncio Sideral como sua acompanhante, e oferecer a coroa como presente à princesa Una.

— Não é estranho entregar uma réplica da coroa à princesa — disse ele — portanto, acho que pode dar certo.

— Não é uma réplica, não diga isso quando entregar a coroa.

— É uma réplica! — ele diz — Você não entende a nossa cultura? A coroa de Boreas não pode ser tocada por ninguém, só pela rainha. As pessoas que tocam itens lendários sofrem diversas consequências, todas muito perigosas. Ou vai me dizer que eu sou a rainha também?

— Pessoas tocadas por profecias não sofrem consequência de objetos lendários. — Diz Silêncio Sideral.

— E o que faz... uma pessoa ser tocada por profecia? — pergunta Solfieri pausadamente.

— Uma pessoa que é destinada a um objeto lendário ela própria. — responde Silêncio Sideral. Solfieri dá aquele riso irônico dele com o canto da boca e joga as roupas, junto com a coroa, em cima da mesa da casa de hóspedes que ambos habitam.

— Não sei porque eu ainda te dou corda. — ele diz por fim. Silêncio Sideral sorri.

— A coroa só estará segura em posse da rainha — ela diz de forma séria — Assim como todos os outros objetos lendários, a coroa deseja ficar em posse de sua guardiã. Não teremos problemas com isso, mas é muito importante que fique com a rainha. E que ninguém mais, além de você e a rainha, a toque.

Solfieri e Silêncio Sideral se arrumam para o sétimo banquete da Rainha. Solfieri ficou surpreso ao receber o convite formal, ele sabia que provavelmente chegaria, mas mesmo assim ele ficou com aquela dúvida no fundo da sua mente. Até o momento, Silêncio Sideral não havia errado em nada do que ela disse, mas ele continuava a se surpreender em seu ceticismo. Silêncio Sideral veio dos fundos, andando rápido e sem cerimônias. Ela estava incrível com o vestido de sua irmã, uma mulher impressionante do seu próprio jeito, mas se comportava mais como uma entidade do que como uma pessoa comum. Pela primeira vez, desde o dia que ele a segurou como um bebê morrendo nas águas aquecidas do vale de Fröge, ela parecia uma mulher acessível. Talvez ela parecesse assim para todos os outros que não a conheciam como ele, mas no momento ele parou e absorveu o que via.

— Menos descabelada do que de costume. — conclui Solfieri. Silêncio Sideral se virou para revelar que em vez do laço vermelho ela havia adornado o cabelo com um laço dourado e adornos em sua trança.

— Vou a um banquete de gala com um Lorde, tenho que pelo menos pentear o cabelo — ela diz. Solfieri não gosta de ser chamado de Lorde e, por esse motivo, Silêncio Sideral continuou a chamá-lo assim toda vez que queria provocá-lo.

— Use isso. — Solfieri tira do bolso de trás de seu traje formal o colar de diamantes que costumava morar na caixa da coroa. — Eu sei que é idiota e clichê, dar uma jóia assim...mas é uma pena ter esse monte de coisa guardada, sem nunca poder ver a luz do luar, nunca refletir nos olhos das pessoas. Objetos também devem ser honrados, meu pai sempre dizia.

— Eu não me lembrava de você ter me dado isso. — diz Silêncio Sideral chocada, pegando o colar como se fosse desmanchar sob seu toque.

— Vire-se, deixe-me me colocá-lo. — diz Solfieri — Eu imaginei que ia ficar bonito com esse vestido. — ele abotoou o colar.

— Ele fica bonito com qualquer coisa. — diz Silêncio Sideral correndo para se olhar no espelho, sem acreditar no que via. — Você é mais maluco que eu, Solfi!

— Agora vou presentear a princesa Una com a coroa e cair nas graças da rainha, ser o melhor lanceiro desse batalhão e conquistar glória em batalha como sempre quis.

Eles chegam no castelo e, ao passar pelos portões, observam as esculturas na alameda de entrada mostrando cenas de batalhas épicas, feições e armas esculpidas com incrível detalhamento. Solfieri aponta que são esculturas de gelo novas, mostrando como foi a batalha do porto dos espinhos, cujo irmão da rainha caiu ferido. Ele é mostrado em pose heróica, preparado para encarar inimigos com sua espada em punho. — Eles têm sorte que não nevou nenhum dia dessa semana — diz Solfieri — Quando neva as estátuas perdem suas nuances.

Eles chegaram na entrada e foram parados por dois guardas. Solfieri mostrou o convite a tempo de ouvir Silêncio Sideral dizer "Ah não…" com grande decepção.

— Solfieri! — ele ouve Mauro, chegando por trás dos guardas que abrem caminho. — O Melhor Fabro! — gritou seu título em voz alta e o abraçou sem cerimônias.

— Esse era meu pai — Solfieri corrige Mauro, em seguida ele abraça Silêncio Sideral.

— Essa deve ser sua linda irmã! — Solfieri olha com um olhar confuso para Silêncio Sideral, os dois não são nada parecidos.

— Não somos parentes. — diz Solfieri. — Não somos nem da mesma espécie.

— Fico feliz que você tem um gosto eclético. — Mauro olhou para Silêncio Sideral. — É sempre bom conhecer pessoas diferentes e novas culturas...o que carrega aí? — disse ele. Mauro estava claramente embriagado. Silêncio Sideral segurou o braço de Solfieri, quase beliscou com força. Ela sabia que algo ia acontecer, ela deve ter lembrado do futuro, como gostava de dizer, ou pior...esquecido dele. Mauro pegou na caixa e foi abrir.

— É um presente para a princesa, apenas para os olhos dela. — diz Solfieri, posicionando a mão na tampa da caixa.

— Ora vamos...a recém nascida não vai saber apreciar seja lá o que você inventou de trazer — do jeito que Mauro sempre fazia ele se forçou em uma situação onde ele conseguiu exatamente o que queria; abriu a caixa e imediatamente ele e os soldados ficaram boquiabertos com o primeiro vislumbre da coroa> ela brilhava de tão límpida. — Uma réplica apenas. — diz Solfieri.

— E que replica! — exclamou Mauro, ainda boquiaberto. — Me atrevo a dizer, ainda mais impressionante que a original. — e então estendeu a mão para tocá-la. Silêncio Sideral gritou "Não!" tentou fechar a caixa fazendo com que ela caísse no chão e a coroa saísse rolando palácio a dentro. Solfieri foi atrás, mas antes de conseguir pegar a coroa o soldado, que guardava a outra entrada mais para o fundo do palácio, a parou com o pé e abaixou para pegá-la. No momento que a tocou, o coitado congelou na posição em que estava. O homem, como um objeto maciço e escorregadio, caiu em cima da coroa e partiu em mil pedaços como um bibelô de cristal fino. Todos alí não se mexeram. Do corredor com o alvoroço das testemunhas veio uma mulher enorme, linda, de cabelos fartos e negros presos em um rabo de cavalo alto que deixaria qualquer um com inveja. Ela foi a primeira a agir e apontou seu machado para Solfieri que vinha desesperado pegar a coroa. Ela era Ferlin, a Altrum Dei da Rainha Maeva, a mulher mais impressionante e a guerreira mais famosa de toda Boreas, mãe de Celine.

— Não se aproxime, rapaz. — ela diz com autoridade e se vira para o segundo guarda — Chame por Maeva, traga-a aqui imediatamente.

— Altrum Ferlin, o rapaz — — diz Mauro, ainda sem entender muito bem o que aconteceu. Mas Ferlin com um gesto fez Mauro se calar.

Silêncio Sideral teve poucas oportunidades de ver Ferlin ao vivo, mas todas as vezes que a viu não foi nada abaixo de impressionante. Alta como era, forte, autoritária, materna. Todos os homens do exército a respeitavam. Solfieri e os demais eram fãs, parte do poder de liderança que Maeva tinha sobre seu povo e sobre os outros reinos era fortificado por ter Ferlin ao seu lado; as duas juntas eram uma força da natureza.

Logo Maeva chegou, ela era uma cópia viva da representação de Boreas na pintura na entrada do palácio. Seus cabelos tão claros, mais claros que os de Solfieri, deslizavam prateados e brilhosos, soltos e simples. Seu rosto perfeito, olhos pequenos, porém intensos e brilhosos. A rainha não estava adornada, ela não precisava disso, ela estava com um vestido de seda azul e prateado, detalhes delicados e feitos com incrível habilidade, uma cauda que flutuava quando ela andava com perfeição e mangas longas que arrastavam no chão. As duas se entreolharam. Maeva está com sua coroa na cabeça, mas o olhar que as duas trocam é um olhar de quem se comunica por pensamento: ambas, em um momento, conseguiram comunicar uma à outra exatamente o que estava acontecendo. Maeva se abaixa para pegar a coroa. Ela toca no objeto e todos prendem a respiração por um tempo. Quando ela tira o objeto dentre os cacos do que era o guarda todos respiram aliviados.

— Quem é o responsável por isso? — diz Maeva, e como um oceano que se abre, todos olharam para Solfieri.

Solfieri e Silêncio Sideral foram escoltados por Ferlin junto com a rainha. Mauro quis seguir, mas Ferlin apontou que ele não estava em condições e seguiram para um outro local. Eles foram guiados até um escritório, nada muito oficial. Era apenas um local de leitura onde havia uma lareira acesa. Logo em seguida entrou Sid Yemaya, um dos irmãos de Sophia.

Maeva tira a coroa que estava usando e põem a original. Se olha no espelho. — Onde conseguiu isso, rapaz? — ela diz. Solfieri olha para Silêncio Sideral em busca de uma saída, mas a única coisa que ele consegue ler em seu olhar é "eu disse que não era uma réplica!"

— Eu a encontrei. — diz Solfieri.

— Você é um soldado jurado do exército, você não pode mentir. Honre seu juramento — Diz Ferlin, sentada à mesa em frente à Silêncio Sideral e Solfieri, sentados nas poltronas de couro.

— Eu não estou mentindo — diz Solfieri, perdendo um pouco da sensação nervosa de ter visto Ferlin ao vivo e recuperando sua acidez habitual. — Eu encontrei a coroa e resolvi trazer para a rainha. O que tem de errado nisso?

— Encontrou onde? — diz Sid, tirando da gaveta da mesa um diário semelhante ao que Silêncio Sideral carregava. Sid começou a folhear e fazer anotações.

— Encontrei perto do portal, enterrada sob metros de neve. — disse Solfieri.

— Então você viu a coroa de Boreas, simplesmente pegou com suas mãozinhas e a trouxe para nós? — diz Ferlin, incrédula.

— Sim, com essas próprias mãozinhas — Solfieri levantou suas mãos enormes, enquanto remedava Ferlin — Eu peguei a coroa, que assumi ser uma *RÉPLICA,* e resolvi trazer para a rainha, quando percebi que era de fato, gelo eterno.

— Porque não vendeu? Ou negociou? — perguntou Sid. Solfieri, já no seu limite, deu seu riso cínico com o canto da boca e disse com desdém — Forasteiros...

— Solfieri Fjorn, filho do Melhor Fabro, um dos homens mais honrados que pisou em Boreas, primo de meu marido Eklas Fjorn. Ele não precisa de dinheiro, ele não precisa negociar nada. — declarou Maeva se virando.

— E vou acreditar que ele simplesmente pegou a coroa e a trouxe? — diz Sid.

— Isso é algo bem simples de constatar. — diz Maeva. Ela remove a coroa e a posiciona na mesa, Sid se afasta com medo até de ficar perto e Ferlin se desencosta da mesa, com calma, mas ainda assim como se a mesa estivesse pegando fogo. — Mostre-me como pegou a coroa no dia.

Solfieri sorri com o canto da boca, se levanta, e Silêncio Sideral nota que ele estava fazendo o máximo de suspense possível. Ele queria de fato, causar. Aproximou as mãos com calma até a coroa, vagarosamente, a tensão naquele escritório aumentando, o fogo estalando na lareira atrás de Sid que mal respirava em antecipação.

Solfieri toca no objeto e a levanta da mesa, ileso. Maeva arregalou os olhos, Ferlin e Sid repetiram a expressão.

— Permita-me, majestade. — Solfieri devolveu a coroa para a rainha.

— Viu? — diz Maeva.

— Só a rainha de Boreas pode tocar na coroa, é a lenda. — diz Ferlin.

— Na verdade, — interrompe Sid — acredita-se que qualquer pessoa que é destinada a um objeto lendário pode tocar outros objetos lendários sem serem afetados, positiva ou negativamente. — os três voltam a olhar para Solfieri, abismados e confusos. Maeva e Ferlin se entreolham, assim como fizeram antes no corredor.

— Foi tudo um mal entendido — diz Ferlin — Não me leve a mal por ter nutrido suspeitas...

— Eu imagino que um objeto lendário aparecer após, sei lá, quantos anos...deve ser um choque. — conclui Solfieri.

— Solfieri, essa coroa está desaparecida há séculos. Há rumores que sugerem que tal coroa jamais existiu, sendo mero produto de lendas muito remotas. Entende? — diz Sid — Eu busco e rastreio objetos lendários para a rainha e nunca houve sequer uma pista do paradeiro da coroa. — Solfieri olha para Silêncio Sideral, que não reage, apenas olha para o chão.

— E ela? — diz Ferlin — Ela nunca sentiu vontade de tocar na coroa?

— Ela não é glacinata. Mesmo se quisesse tocar em gelo eterno... — diz Solfieri.

— Entendo. — conclui Ferlin. — Vamos, vamos para o banquete, você e sua noiva, vamos festejar e esquecer que essa confusão aconteceu. Solfieri e Silêncio Sideral se levantam, Sid sorri e se levanta também. Maeva permanece em silêncio, olhando no espelho com a coroa em sua cabeça.

— Todos podem seguir, com exceção de Solfieri. Você fica. — diz Maeva sem olhar para eles. — Sua convidada também.

Sem se virar para olhar os dois, Maeva posiciona a coroa novamente em sua cabeça e diz: — A única forma para que uma pessoa comum saiba se pode tocar em um objeto lendário ou não é tocando um e tentando a sorte. Desde o reino da deusa Boreas, por séculos, não se encontra alguém que seja capaz disso.

— Mas você tocou na coroa sem pensar duas vezes. — respondeu Solfieri.

— Eu sei quem eu sou. Se a coroa não for destinada a mim, estou disposta a pagar o preço. — ela se vira — Como você sabia que podia tocá-la?

— Eu não sabia que era a original.

Maeva olha para Silêncio Sideral. Silêncio Sideral engole a seco — Ela sabia.

— Ela não tem nada haver com isso. — diz Solfieri.

— Não Solfi. — respondeu Silêncio Sideral — Ela sabe de tudo, ela...

— Sim, minha querida. — diz Maeva — Eu sei de tudo.

Solfieri teve a impressão que os olhos da rainha se enchiam de lágrimas. — Eu fico feliz que ela vai poder pelo menos espiar um pouco de quem eu fui. — diz a rainha. — Espero que seja o suficiente.

— E vai. Se você a amar todos esses dias, ela vai sentir esse amor da mesma forma que você sente o dela.

Solfieri olha para as duas em confusão. —Do que vocês estão falando?

— Solfieri, você foi tocado por profecia, isso é um fato. Eu preciso de alguém que possa tocar minha coroa se algo ruim acontecer; preciso também de alguém que se responsabilize pelo nosso cofre de armas, no caso de uma catástrofe.

— Eu entendo.

— Gostaria de lhe oferecer a posição de lanceiro principal. Quero treiná-lo pessoalmente em arco e flecha. Irei pedir que Ferlin o treine também, assim como fez com Sid, Mauro e Gael.

— Mas... majestade, isso seria uma enorme honra.

— Você vai crescer e deve olhar pela jovem Una quando não for mais meu tempo. — Maeva e Silêncio Sideral se entreolham. — Me faça essa promessa, Solfieri. No seu juramento, na primeira manhã após a longa noite, você deve incluir isso entre suas palavras.

— Eu juro, majestade. É uma enorme honra.

Maeva sorri.

Eles chegam ao jardim de gelo onde estão as mesas e os músicos. As pessoas estão felizes, conversando e festejando. Ferlin guia Silêncio Sideral e Solfieri até um assento privilegiado. Mauro está andando pelo local, rindo e conversando como se não tivesse presenciado um homem congelar e se espatifar na sua frente a alguns minutos atrás. Não se passou muito tempo a cadeira ao lado de Silêncio Sideral se movimentou e Solfieri dela se apossa, permanecendo ao seu lado. Em seguida a rainha se senta na mesa mais alta, em frente aos seus súditos. Solfieri parece chocado com algo.

— O que foi? — pergunta Silêncio Sideral.

— A rainha... — ele diz sem entender, e olha Silêncio Sideral nos olhos — A rainha quer me treinar. Tomou essa decisão no momento, de súbito.

—Não foi de súbito.

— O que aconteceu lá dentro? — pergunta Solfieri.

— Objetos lendários tem um efeito diferente em seus mestres. A coroa de Boreas carrega o fardo de todas memórias e sabedoria de suas antecessoras. Todas as experiências que as outras rainhas viveram e aprenderam enquanto utilizavam a coroa é passado para os próximos que a utilizarem. Com a rainha Maeva, no entanto, é diferente: ela também recebeu memórias de sua filha.

— Como?

— Eu já te disse, Solfi, eu vim do futuro. Eu escondi a coroa em um paradoxo e agora mãe e filha estão conectadas.

— Eu nem sei o que é um paradoxo — diz Solfieri, Silêncio Sideral abre a boca para explicar mas ele a interrompe — Não, não... nem tente, eu desisto.

— Só foque em cumprir suas promessas, seu juramento com a rainha, ok? Vocês dois são tocados por profecia. Por conta disso, vocês também têm o poder de mudar o plano.

— Qual plano!? — ele exclama, impaciente com as coisas que Silêncio Sideral diz. Ela ri e ele desiste de entender novamente. Eles festejam e Solfieri é cumprimentado e benquisto por todos na corte de Maeva. Já há rumores que, assim como os irmãos de Sophia o são para Ferlin, Solfieri será um dos favorecidos de Maeva.

A festa segue e Solfieri se encontra em um dos seus raros momentos de bom humor, com o braço por cima dos ombros de Silêncio Sideral, como os glacinati gostam de andar com quem é próximo e querido, ele sorri e eles seguem pela alameda com as estátuas de gelo, a neve cai delicada sobre as feições dos guerreiros ali honrados e Silêncio Sideral está ficando ensopada e com frio. Solfieri nota que ela está com frio e os dois se alojam em um local coberto, logo na saída do palácio. A propriedade de Solfieri é uma das poucas que ficam próximas, em quinze minutos de caminhada apenas. Sendo um glacinata, ele não tem noção se Silêncio Sideral consegue ou não suportar o frio. Solfieri tira seu blazer formal e coloca em torno dos ombros de Silêncio Sideral, ficando de frente pra ela com as costas para a ventania e a neve. Ele esfrega os braços dela a fim de esquentá-la:

— Você aguenta esperar um pouco por um veículo de passagem? Se não eu posso carregá-la até a mansão. — Ele disse, com um floco de neve pendurado em um de seus cílios. Silêncio Sideral passa o dedo com cuidado e faz o floco cair, mas Solfieri não tentou desviar como de certo faria para qualquer outra pessoa.

— Solfi, após a longa noite eu devo partir para Aldebaran. Eu vou com Sid em uma comitiva pequena.

— Como assim? Quando foi que combinaram isso? — ele diz, mudando de postura. Era horrível ela ter que estragar o bom humor de Solfieri, algo tão raro em um homem tão inocente, tendo suas virtudes pisadas uma a uma, punindo-o por ter confiado nela, por ter gostado dela.

— Você vai me ver em alguns anos. Meu plano é voltar a tempo de impedir o pior, mas... eu preciso te dizer algo, e isso é muito importante. — ela diz e Solfieri se afasta. — Todos acham que a batalha do porto dos espinhos foi a que acabou com a guerra. Em alguns anos as pessoas vão olhar para esses dias como dias de paz em contraste com o que está por vir.

— O que você quer dizer com isso? — Pergunta, mas ao longe um veículo se aproxima.

— A batalha do porto dos espinhos foi apenas a primeira, não a última.

O carro desliza até eles: — Carona? — diz o motorista, já abrindo a porta do passageiro. Solfieri ajuda Silêncio Sideral a subir e ele segue conjuntamente. Dentro há uma família, duas filhas adolescentes e um homem de meia idade. Eles se apresentam e trocam gentilezas até chegar na mansão. Solfieri passa pelos portões, mais mal humorado que de costume, tirando a camisa e a calça cheias de neve que não derreteu ainda. Silêncio Sideral está úmida pela neve que, em contato com o calor dos archotes, desmancha-se em seu estado liquefeito. Ele sobe as escadas três degraus de cada vez. Logo as roupas dele ficam molhadas ao passo que a neve que estava nela também se derrete com a temperatura morna da casa. "Eu devia ter contado o plano um dia antes de partir...vai ser um mês disso" pensou ela. Silêncio Sideral se sentou em frente a lareira e esperou seu vestido secar, bem como seu corpo parar de tremer com o frio. Passou, pelo que ela sentiu, mais de uma hora, então ela resolveu subir para checar Solfieri. A porta do quarto dele estava encostada e a luz dentro estava acesa. Ela bateu na porta entreaberta "Aqui!" gritou ele de dentro do banheiro da suíte. Silêncio Sideral entrou no quarto. Não estava aquecido como o resto da casa, a porta do banheiro estava encostada, com uma fresta aberta. Silêncio Sideral se aproximou da porta:

— Você está decente? — ela perguntou.

— Não. — ele disse, Silêncio Sideral sentiu em sua voz que ele ainda estava chateado. Ela respirou fundo, rezando por paciência.

— Posso entrar? — ela esperou alguns momentos, mas ele não respondeu. Ela então empurrou a porta vagarosamente. O banheiro era enorme, chão rústico e uma banheira de porcelana branca no centro, claramente pequena demais para Solfieri, que estava totalmente imerso na água exceto suas pernas penduradas para fora da banheira quase encostando com os pés no chão. Silêncio Sideral deu alguns passos mais próximos, intrigada com o que via, mas não chegou mais perto para não invadir a privacidade do rapaz.

— Tem espuma o suficiente aí pra eu me aproximar? — ela disse, ameaçando andar mais próximo. Solfieri soltou ar pela boca, fazendo bolhas na água. Esticou o braço e pegou a toalha que estava pendurada na cadeira de madeira ao lado. Ele mergulhou a toalha na banheira com ele e se cobriu. — Pronto. — ele disse e continuou na mesma posição miserável. Silêncio Sideral andou até ele, se sentou na cadeira onde antes estava a toalha. Colocou a ponta dos dedos na água e descobriu que estava fria. Solfieri continuava a ignorá-la. Ela se inclinou para olhá-lo nos olhos, mas ele virou a cabeça evitando que ela o visse. Silêncio Sideral virou os olhos, uma mistura de irritação e vontade de rir, reposicionou a cadeira na parte de cima da banheira e colocou a mão na cabeça de Solfieri: — Senta direito! — ela disse. Irritado ele colocou as pernas para dentro da banheira e se sentou abraçando os joelhos.

— Você achou que eu fosse ficar aqui pra sempre? — ela disse, pegando um vidro com o que parecia ser uma loção ou um produto de limpeza — Eu quis te avisar antes, para que pudéssemos nos despedir com um sorriso no rosto, não com tristeza.

— Eu devia saber, mas mesmo assim... eu nem sei porque fiquei com raiva — ele vira a cabeça pro outro lado.

— Todo mundo vai embora, todo mundo te abandona. — diz Silêncio Sideral. Solfieri suspira.

— Talvez eu goste de você, talvez eu queira que você fique aqui pra sempre mesmo. Eu sei que você gosta de mim também...

— Não é de uma amiga que você precisa Solfieri — disse Silêncio Sideral, despejando algo semelhante a um shampoo na cabeça dele — Você precisa de uma mãe...

Ele se debruçou novamente enquanto Silêncio Sideral lavava seus cabelos.

— Você ainda é um menino, que sonha com batalhas gloriosas e tem ideais de feitos heróicos. Sente ansiedade toda vez que pensa em se aproximar e quer me abandonar antes que eu possa ir embora. — a cabeça dele estava cheia de espuma. Ela empurrou sua cabeça para trás, afim de enxugar a espuma de seu cabelo. Solfieri estava segurando o riso.

— Se vai agir que nem moleque eu te trato igual a um. — ela disse. Os dois começaram a rir.

— Eu ajudo no plano, mas você tem que me prometer me dizer toda a verdade, mesmo que dolorosa, quero que deixe consciente sobre a verdade também. Não quero ser apenas uma ferramenta.

E assim fez Silêncio Sideral. Após sua partida para a Universidade de Aldebaran, o ano se seguiu com Solfieri passando algumas horas por dia com a rainha, retomando a antiga tradição de visitar as vilas e percorrer o "Caminho da Rainha", um caminho em espiral que acabava exatamente em Fröge na véspera da longa noite. Conversavam o tempo todo. Aliás, foram poucas as vezes ao longo desse ano que ela pegou um arco e flechas na mão para ensiná-lo, mas as poucas vezes que o fez ele sentiu que aprendeu muitas lições importantes. A rainha Maeva era conhecida por ser uma exímia arqueira, rivalizando até mesmo com o mais hábil dos guerreiros de seu batalhão. Embora ela e Solfieri tivessem quase a mesma idade, Maeva falava e agia como se fosse bem mais velha que ele. Solfieri se sentia próximo da Rainha e a respeitava profundamente.

Como programado, Solfieri chegaria a Vila de Boreas dois meses antes da comitiva real terminar a caminhada. O papel dele como líder dos lanceiros mais rápidos era se certificar de que o caminho estivesse seguro. Solfieri estava ansioso para o retorno da rainha, ela havia dito que iria mostrar a ele o cofre real, onde eles guardavam os artefatos lendários desde os mais antigos já encontrados. "É perigoso para qualquer pessoa entrar lá, mas sabendo que você pode tocá-los ileso, você é o único guardião viável quando acontecer algo comigo. — Disse ela.

Assim que Solfieri chegou ao palácio, foi visitar Gael: ele tinha uma carta da rainha para lhe entregar. Encontrou Gael sentado no pátio, ao lado de Mauro, conversando e sorrindo. Ao ver Solfieri, Gael olhou-o brevemente com o canto dos olhos e o cumprimentou sorridente. Solfieri se apresentou formalmente, Mauro riu e o abraçou calorosamente como um velho amigo. Solfieri entregou a carta.

Era para ele tirar uns dias de folga, no final das contas. Era para ele voltar a sua casa e por lá descansar até seu próximo dever. Quando, porém, ele ficava lá sozinho...era isso, ele ficava sozinho com o seu pequeno vazio. E por mais que ele gostasse do isolamento, até a casa de hóspedes estava com um gosto de abandono. Não teve escolha. Tudo que Silêncio Sideral tocou ainda estava lá: ele não mexia e não tirava do lugar, deixando que todos os detalhes de sua passagem se eternizassem, exatamente como se tornaram eternas as montanhas glaciais naquela natureza imóvel. Solfieri adormeceu no sofá de couro da sala, de uniforme e sapatos, da mesma forma como chegou, vindo do expediente.

— SOLFI! — ele ouviu gritar e alguém chacoalhar o seu corpo, o seu rosto, coisa que pareceu acontecer poucos minutos após ter se deitado. Era Silêncio Sideral, falando de forma frenética, afobada. Ele custou a entender, não sabia se era uma visão ou se era real. Ela deu um tapa na cara dele, que o fez acordar por completo de súbito. — Solfi, eu estava errada! A gente tem que correr, agora! Chama o Mauro, chama todo mundo! A Rainha Maeva deve cortar direto para o forte, eles estão em grave perigo!

Solfieri se levantou em um pulo, sem dizer nada; pegou sua lança e saiu com Silêncio Sideral em seu encalço.

— Que pressa é essa? — perguntou Mauro, quando o viu passar pelo pátio. O sol estava a nascer e ele notou que Mauro não havia dormido ainda. — Junte o comando! Precisamos marchar em ajuda a Maeva.

A eficiência e o tom de urgência de Solfieri era algo bem familiar a Silêncio Sideral, era algo que ela estava acostumada a ver em um Solfieri a anos de distância dali. Logo, sob seu comando, e mesmo não respeitando o ranque, todos estavam a postos e seguiram Solfieri de volta pelo caminho da rainha. Ele colocou Silêncio Sideral em seu trenó e todos que puderam, com animal ou máquina, seguiram em máxima velocidade até o batalhão. Deveriam demorar dias para alcançá-los, mesmo cortando caminho. Ao anoitecer do dia seguinte avistaram o batalhão da rainha, sem sinal de estarem baixando acampamento. O exército e a rainha marchavam mesmo a noite.

— Mas como? — questionou Silêncio Sideral.

— Ela sabe. — disse Solfieri. — A rainha Maeva sabe de algo.

Logo alcançaram o batalhão. Mauro e Solfieri, junto com Silêncio Sideral, foram os primeiros. Ferlin, do outro lado, vinha como porta-voz de Maeva, tomando a frente de sua comitiva.

— Altrum Ferlin — disse Mauro — O que aconteceu?

— Maeva ordenou que marchássemos a toda força direto pro forte. — Ferlin olhou para Solfieri — Ela está em montaria um pouco mais atrás. — disse Ferlin apontando o caminho para Solfieri.

Solfieri desceu do trenó e correu até onde a rainha estava. Ela avistou Solfieri vindo com Silêncio Sideral, sorriu e desceu de sua montaria, um enorme cavalo cinza. Silêncio Sideral nunca tinha visto um, já que era um cavalo diferente que não possuía pêlos e Silêncio Sideral notou os olhos brilhantes do animal. Era um cavalo glacial e tinha pelo menos o dobro do tamanho de um cavalo terráqueo. Ao se aproximar da rainha, Solfieri foi reverenciá-la, mas Maeva não deixou, em seguida puxando-o em um abraço, o que fez com que os que estavam ali perto virassem a cabeça para olhar. Maeva também abraçou Silêncio Sideral. A rainha estava vestida para a batalha, com uma enorme capa branca, armadura simples de arqueira, mas bem adornada, e roupas brancas cobrindo todo o seu corpo até o pescoço. Incomum para um glacinato que gosta de mostrar a pele para provar sua linhagem gélida e sua força diante do frio cruel daquelas terras. Era difícil falar, pois o vento gritava ao cair da noite, especialmente naquela região. Maeva abriu um pouco de seu colete e de dentro puxou uma corrente. Na corrente tinha um pingente do tamanho da palma de sua mão, que lembrava um floco de neve. Ela o colocou nas mãos de Solfieri. Se aproximou do seu ouvido para falar, mas ainda teve que gritar para que ele ouvisse.

— Essa é a chave do cofre dos artefatos, tem algo pra você lá dentro. Você segue norte com ela até os Glaciais. Precisa usar o portal de Boreas. — Em seguida, ela vira para Silêncio Sideral e diz — Ele vai te proteger, fique tranquila.

— Eu vim te alertar! — diz Silêncio Sideral com lágrimas nos olhos, a rainha responde com a mesma expressão.

— Eu sei, criança — ela diz, com um sorriso triste — Mas o que tem de acontecer, vai acontecer. Eu só quero que você seja entregue em segurança e consiga salvar quem você deve salvar, de verdade. — ela coloca a mão no rosto de Silêncio Sideral. — Muito obrigada. — encosta a testa dela na de Silêncio Sideral, beija Solfieri na testa. A benção de Boreas, dada pela rainha apenas a seu irmão, ao seu marido e a grandes guerreiros aclamados. As pessoas em volta estão confusas, incluindo Solfieri.

— Và! — ela diz — Quando retornar a vila de Boreas você vai saber o que fazer com essa chave. — Maeva entrega as rédeas de seu cavalo a Solfieri — O nome dela é Gertrude, cuide bem da minha menina pra mim.

Seguindo as ordens de Maeva, ambos subiram no cavalo e correram. O portal era muito longe e, mesmo com Gertrude, eles iriam levar um bom pedaço de tempo na viagem.

— Como ela sabia que tinha que fazer retirada? Como ela pôde te chamar pelo seu nome? — perguntou Solfieri — e o que é que nos ameaça tanto? Ariostes nem tentou nos invadir ainda... quem teria essa coragem após tudo que fizemos?

— A ameaça não vem de fora. — diz Silêncio Sideral — A névoa amarela está se erguendo novamente, o gelo eterno não a segura mais. Eu não sei o porquê nem o como, só sei que têm algumas coisas que eu preciso fazer, coisas pequenas, mas que farão uma enorme diferença no futuro.

— O que a rainha quis dizer quando disse que tem alguém que você deve salvar de verdade? — perguntou ele, enquanto os três descansavam dentro de uma da diversas cabanas de caça construídas pelo caminho.

— Eu interpretei de uma maneira diversa no futuro, mas o que Maeva me disse agora fez todo sentido. Tenho, às vezes, a ilusão de que posso evitar o inevitável, impedir que aconteça o que precisa acontecer. — diz Silêncio Sideral olhando para a pequena lareira com tristeza. — Tem coisas que eu não posso lhe dizer, pois podem afetar a história que precisa se desenrolar.

— E Maeva sabe do que vai acontecer como?

— Eu sei lá... — disse Silêncio Sideral — Deve ser a coroa. Os instintos dela melhoraram depois que ela passou a usá-la. Você não notou nada?

— Eu não a conhecia antes, então pra mim ela parece a mesma de sempre. — ele diz.

— Eu posso tê-la vindo avisar...mas eu não lembro se vim ou não, e viajar pelo portal daqui é sempre muito perigoso quando eu não sei se você vai estar lá para me receber. Em uma dessas viagens eu posso simplesmente morrer.

Na véspera da chegada ao portal ambos conseguem alojamento em mais uma cabana. Nesse dia, Silêncio Sideral passa a escrever em um diário de capa de couro. Escreve com agilidade e destaca uma folha, dobrada diversas vezes, e a entrega a Solfieri.

— Aqui está uma lista das coisas que você deve fazer até o nosso próximo encontro. — ela diz — São coisas pequenas...

— ...Mas é muito importante que eu as faça. — completa Solfieri, Silêncio Sideral sorri.

— Sim. — diz ela. — Eu já tô com saudade. Eu sei que é ruim, mas eu fico feliz que pude te ver antes do momento planejado. — Solfieri examina o papel dobrado, mas não o desdobra. Não leia agora, ok? Você vai ficar com raiva de mim quando ver o tamanho da lista e eu espero estar bem longe quando isso acontecer. — ela sorri e Solfieri sorri de volta com o canto da boca, como gostava de fazer as vezes.

Solfieri deu seu último adeus a Silêncio Sideral. Ele não queria soltá-la de seu abraço, assim como foi da última vez, quando ela partiu para Aldebaran. Ele enterrou seu rosto nos cabelos dela e a apertou. Ela deixou, ela sabia que ele ia ter que soltar eventualmente. — Eu ainda quebro suas costelas um dia — ele disse baixinho no silêncio momentâneo da noite, antes de soltá-la. — Se já não quebrou agora. — ela responde. Ela lhe dá um beijo e bagunça seus cabelos e então corre até o portal, altera o painel rústico com incrível familiaridade e desaparece do outro lado, sabe-se lá pra onde. Solfieri abre o papel cuidadosamente e lê o primeiro item.

"PROTEJA CELINE: Corra até o palácio, você já está atrasado. Janela de gelo eterno, encosta da montanha, duas horas após o nascer da lua azul, pegue a menina e seu guardião."

A Lua Azul de Boreas nasce amanhã. Eram dois dias de viagem do portal até a Vila Boreas a pé. Solfieri teria que fazer a viagem toda na metade do tempo e Gertrude não estava em condições de continuar. Ele riu, pois sabia que ninguém naquele planeta era capaz de fazer essa viagem sob tais condições. Ninguém, exceto ele.

Capítulo 8

Mauro não se sentia mais o mesmo desde a batalha no porto dos espinhos. Algo mexeu com ele profundamente ao ver seu melhor amigo correr de encontro com o exército inimigo. Gael sobreviveu por pouco e Ferlin quase o matou por isso. Álcool ajudava, mas não curava aquele sentimento geral de que algo horrível poderia ter acontecido, de que algo pesado e escuro estivesse em algum lugar esperando no canto de sua visão.

— Eu não sei o que deu no Solfieri, eu realmente achei que minha irmã estivesse em perigo — diz Gael, comendo um pedaço de frango. — Mas olha ela, dando um banquete assim fora de época pra vila inteira, toda a corte.

— Você não acha estranho? — pergunta Mauro.

— Sim, mas está tudo bem, Ariostes perdeu e recuou.

— Não é isso. Quando Solfieri nos deu o alarme falso ele estava acompanhado por aquela… aquela forasteira de novo.

— Eu não sei do que você está falando.

— A rainha parecia alarmada. Todos retornaram, exceto Solfieri e a forasteira.

— E porque você se importa?

— Porque, da última vez que a vi, presenciei um homem congelar espontaneamente na minha frente e notei que ela parecia saber exatamente o que ia acontecer.

— Nada vai acontecer, meu querido, estamos dentro dos muros do forte mais reforçado desse mundo.

— Eu estou ficando paranoico! — ele bebe seu vinho — A culpa é sua, você sabe disso né?

— Eu sei, eu sei... — Gael sorriu e colocou o braço por cima dos ombros de Mauro — Eu não vou mais ficar na linha de frente, nem se eu quisesse. A guerra acabou.

A música cessa de tocar e Mauro nota que a rainha havia se levantado.

— Muitos devem estar se perguntando o porquê de eu ter antecipado o banquete, o porquê de eu ter antecipado minha chegada. A longa noite começa daqui a dois dias e eu tenho notícias difíceis para dar. Vila Boreas e Forte Fröge não são mais espaços seguros para nós. Hoje festejamos a nossa tradição. Amanhã vocês recolherão os seus pertences mais importantes e em seguida partiremos para Felberg, para o templo Além Norte.

— Além Norte? — repete Gael e imediatamente ele olha para Mauro. — Mas e você? Estrangeiros não podem ir além das montanhas.

A rainha se senta e Gael se levanta. Mauro o segura para que ele se sente novamente — Eu preciso falar com ela.

— Ela deve ter um plano. — diz Mauro.

— E eu preciso saber qual é esse plano

Gael vai até a irmã e Mauro os observa, discutindo, de longe. A rainha, serena e incisiva, falava ao seu modo: franco e objetivo. Gael gesticulava com uma mão, tendo a outra servindo de amparo às suas costelas quebradas. Ele volta com decepção no olhar.

— Você vai receber uma comitiva para voltar a Aldebaran e, de lá, você e Sid retornarão a Sophia. Segundo minha irmã, Sid já está a par de tudo.

— Foi o que eu imaginei: Sid sempre sabe de tudo antes, mas ele vive no mundo dele.

— Eu vou junto.

— Claro que vai.

— Você não vai perguntar se a rainha permitiu?

— Você acha que eu me importo?

Gael sorriu.

O anúncio deixou todos preocupados e muitos foram ter com a rainha ao longo da noite, mas ela os tranquilizava e o banquete estava farto, regado às principais iguarias da cultura glacinata: era como uma última refeição antes de tempos difíceis. Como era do temperamento dos Glacinata, não demorou muito para que o vinho se tornasse a principal atração da festa, fazendo com que alguns até considerassem a alegria e a oportunidade de poder visitar o templo Além Norte, o maior centro de estudos em Boreas: "Sid deve estar chorando em algum canto por não poder ir", pensavam alguns mais próximos do alto-escalão, despreocupados.

Depois do banquete, parece que o ar pesou novamente. A ausência de música, embora bem vinda, pareceu trazer à tona um outro tipo de barulho. De certa forma, em uma época de festejos e alegria em Gothengard, o silêncio chegava a ser mais ensurdecedor do que a música mal tocada que falhava em distrair quem estava ali antes. Os soldados na cidade falavam baixo, sem a alegria esperada. Mauro notou a guarda real o dia todo de pé nos portões e nos muros, como se eles estivessem esperando que algo ruim acontecesse. E eles não eram os guardas comuns do castelo: os jovens, que treinavam primeiro como vigias, eram de fato os melhores Glacinata da linha de defesa da brigada de Gael. Mauro não sabia se isso era apenas precaução ou medo, a cidade era uma fortaleza isolada, enorme, e era estrategicamente localizada entre montanhas, por isso o nome. Ninguém de fora era capaz de localizar a entrada e você só via a cidade após ser visto por quem ali habitava; assim era a maioria dos lugares habitados em Gothengard. "Que ameaça será essa, que nem a Forte Fröge pode descansar em noites calmas como esta?" — pensou ele, antes de se retirar.

— Mauro, acorda! — Uma voz gritou da porta de seus aposentos — Mauro! O corredor está cheio de sangue e eu não encontro vigia nenhum lá fora — Era Sid, desesperado, andando pelo corredor, abrindo portas para checar dentro.

Mauro não se lembra como apareceu vestido com seu casaco do lado de fora de seu quarto. Viu Sid sair de um dos quartos com uma criança no colo.

— Encontrei Celine, que estava escondida embaixo da cama. — disse Alcides, abraçando a garotinha de dois anos enrolada em um cobertor de peles.

— E a princesa? — perguntou Mauro, correndo para dentro do quarto e avistando o berço vazio. — As duas dormem juntas não? Onde está a princesa? — Indagou ele agressivamente em direção ao irmão.

— Eu não sei! — disse — Alguém já deve tê-la resgatado. Não podemos deixar a Celine aqui, Ferlin deve estar defendendo a rainha. Ela é a filhinha de nossa mentora!

Mauro empunhou sua espada, a qual ele também não havia se lembrado de ter equipado, e saiu em frente a Sid para escoltar a pequena Celine até um local seguro. Mas nada, nem gritos, nem metal brandindo, apenas os corredores pintados de vermelho. Cada vez que andava, mais rastros de sangue e eventualmente poças, mas nunca corpos: era a visão tétrica de um pesadelo estranho que invadia a realidade.

— Que merda ocorreu aqui? — disse Alcides. — Onde vais, primo?

— Gael! — disse Mauro — A brigada dele estava de guarda. Ele está sozinho e precisa de nós.

— QUEREM ME MATAR? — gritou Ferlin da porta do corredor dos aposentos, logo atrás deles. Una em seus braços, chorando com os gritos de Ferlin — Pegam minha filha e saem assim? — ela disse, agarrando Sid pelo braço, jogando Una no colo de Mauro e puxando-os de volta de onde vieram. — Vamos! Estamos sendo atacados!

— Precisamos resgatar Gael.

— Gael já foi! — disse ela — Me respeite, rapaz! A família real está salva. Vamos!

Ferlin praticamente os arrastou, braço de Sid em uma mão, agarrada a ele como a garra de uma lagosta, e na outra mão empunhando seu machado. No caminho, dão de cara com o jovem alto que Mauro recrutou para lanceiro, arco e flecha em mãos, usando apenas um colante e um tecido leve com uma amarração na cintura. Em meio a toda essa loucura, Mauro lembra ter achado muito estranho, senão bizarro.

— Oh! Ótimo, os Sophianos estão vivos! — disse Solfieri.

— E Gael? — perguntou Ferlin.

— Conseguimos fugir pela frente, mas não conseguiremos voltar para lá novamente. — disse. Ferlin estava ofegante e Mauro sabia que não era cansaço, era desespero.

— Vamos! Eu conheço um caminho! — disse ela, por fim seguindo pela direita no corredor dos aposentos.

Chegaram no que aparentava ser um beco sem saída. "Afastem-se!" — disse Ferlin e começou a brandir seu machado contra a parede maciça.

— Ferlin, não! — disse Alcides — O que está fazendo? — Mas ela não ouviu e continuou a rugir seu machado de Gelo Eterno na parede, abrindo uma passagem na maciça parede de rochas que cedia.

— Essa parte foi construída depois. O Gelo Eterno é mais fino, o resto era apenas as rochas que meu machado corta como manteiga. — disse ela com um sorriso cansado, olhando para o que restou dos cacos de seu famoso machado.

Saíram da construção para a lateral do forte, que dava direto na encosta da montanha íngreme e escorregadia, não mais perigosa apenas do que aquilo que se ocultava em seu interior. Logo em seguida pode-se ouvir gritos de sofrimentos de pessoas que Mauro certamente conhecia e que ainda tentavam lutar ou escapar.

— Vá! — disse Ferlin — Solfieri está à espera com Gael. Ele vai guiá-los.

— E você? — disse Sid. — Está desarmada.

— Meu dever é com a rainha — disse Ferlin — Cuide bem de nossas meninas. Assim que terminarmos aqui vamos encontrá-los. Gael conhece o plano.

— O Gael mal consegue andar. — disse Sid. — E o Rei?

— Meu irmão caiu em batalha. Gael é quem temos pra hoje. Vocês são capazes, chegou a hora de usar o treino de todos esses anos.

— Você nunca nos ensinou a cuidar de bebês. — disse Sid. Ferlin então segurou forte o rapaz pelo queixo e aproximou o rosto dele do dela, ele não reagiu pois estava acostumado com o tratamento bruto de sua mentora:

— Eu lhe ensinei a ser responsável e forte.

— Shim — disse ele, ainda com o rosto amassado nas mãos de sua mentora. Então ela o soltou e, com um sorriso triste, disse adeus. Mauro jamais se esqueceu daquele olhar, aquele olhar que o assombrou por anos e anos. Aquele olhar ele viu estampado no rosto de sua mãe,no dia que ele mesmo partiu para Boreas a pedido do pai. Não muito tempo depois ela faleceu, deixando esse olhar, esse sorriso triste a Mauro como sua última recordação. O mesmo olhar que vira no rosto materno e corajoso de Ferlin.

Após se despedirem, eles deslizaram pela lateral da montanha, tentando se distanciar ao máximo dos gritos que vinham de dentro da Fortaleza, se esforçando para que as crianças permanecessem em silêncio e não entregassem sua localização.

Ao chegarem ao chão, Solfieri, que parecia ser um só com o gelo, os ajudou a se recompor.

— Sigam-me se quiserem viver! — disse ele com a voz de um rapazinho que não terminou a puberdade e a confiança de um velho sábio.

— Onde está Gael? — Perguntou Mauro.

— Seguro! — por falta de opção e argumento, apenas o seguiram.

Chegaram a uma clareira dentro do pequeno bosque sem nome, no pé da montanha. Lá Gael estava sentado no toco de uma árvore cortada como em uma cadeira real.

— Nós perdemos, meu amigo — disse Gael, com dificuldade. — E eu tenho que ficar aqui enquanto minha irmã e meus parceiros lutam bravamente pelo nosso futuro.

Mauro se abaixou e se apoiou no joelho do rapaz. Ao olhar seu rosto, notou uma lágrima descendo por trás do véu de cabelos cristalinos como a neve de verão de Gothengard. Ele então coletou a lágrima que prontamente congelou em seu dedo.

— Então é verdade… — disse ele.

— O que? — perguntou Gael.

— Glacinata realmente chora neve. — Gael sorriu e, com dificuldade, desafivelou sua adaga. — Tome! — disse Gael, entregando-a a Mauro

— Não. — disse Mauro.

— Por favor. — disse Gael.

— Para você estar me dando isso… a esperança deve estar em sua última perna — respondeu Mauro.

— Eu não vou morrer sem antes visitar Sophia — disse o rapaz — Eu prometo lhe ver novamente. E, quando esse dia chegar, você me devolve, ok?

— Como eu vou te encontrar vivo se você não terá sua adaga da sorte para te proteger? — disse Mauro, com os olhos se enchendo de lágrimas.

— Estou colocando minha sorte em suas mãos, bem como minha sobrinha. Por favor, meu amigo, não ousaria dar essa missão a nenhum outro homem. Volte para um local quente! Fique a salvo e nós teremos a nossa história juntos um dia. — Mauro não disse nada, apenas seu silêncio característico foi o suficiente para comunicar a Gael que ele estava aceitando algo contra a sua vontade — É uma herança de família, usada pela própria Boreas. Isso vai garantir sua passagem em Aldebaran e a reinos amigos.

— A leste daqui deve haver um precipício. Aquele precipício nos dará visão do porto; iremos andar rente até a praia e, de lá, até a zona portuária. Em Aldebaran ficaremos em uma taverna qualquer até a tormenta passar. — Disse Solfieri.

Continuaram a caminhada até terem visão do porto. Lá não havia navio algum, mas Solfieri pôde ver ao longe algo na praia.

Continuaram a caminhar sem entender ao certo o que avistaram, mas antes que pudessem ver com clareza, perceberam que estavam caminhando direto para um cemitério de marinheiros. Diversos ali, na praia, mortos, possivelmente vítimas de um ataque ou do clima tempestuoso e gelado de Felberg. A ventania que vinha do oceano, somada com o paredão de estalactites que cercava o porto dos espinhos, faziam da estadia ali praticamente impossível para alguém que já não conhecesse o zig zag do caminho para a saída da praia, ou o labirinto de gelo dos glaciares.

— Quem são esses? — perguntou Sid.

— Pelo que posso ver, é o resultado de um ataque pirata seguido de naufrágio. Eles estão completamente congelados — Disse Gael.

— Nem adianta revirar os corpos. Não conseguiremos recuperar nada de útil. — completou Mauro.

— Ficar aqui é muito arriscado — Disse Solfieri — Eu creio que consigo chegar a Aldebaran sozinho. Seriam alguns dias caminhando, mas com as provisões que temos deve ser possível.

— As provisões que temos também podem nos manter aqui, não? Pelo menos até chegar a ajuda.

— Nós somos a ajuda. — respondeu ele.

— Não estou disposto a vagar na neve, nessa escuridão. Não somos glacinati, não temos a graça da visão noturna ou a resistência às intempéries, e você sabe disso.

— Nós temos dois glacinata conosco. Somos bem capazes de enxergar o caminho no escuro.

— Ainda discordo. — disse Mauro.

— Estatisticamente, nós dois podemos estar errados, ou certos. O mais pragmático a se fazer neste momento é alguém ir buscar ajuda, enquanto o outro espera por aqui. Quem receber auxílio primeiro assume o dever de buscar pelo outro. — disse Sid, por fim.

— Simples assim? — disse Mauro.

— Você discorda? — disse Sid — Eu confio em meu conhecimento desta terra e digo que Aldebaran não está tão longe quanto parece. É só seguir a linha da costa, aí tem a ponte dos gritos e dali a cidade já é visível.

— Ok, se chegar ajuda, seguimos pela costa até encontrar vocês. — Disse Mauro. — Quem vai?

— Eu e o Gael. — disse Solfieri

— Eu prefiro ir junto com Solfieri e Gael — disse Sid.

— Então todo mundo menos eu? — disse Mauro.

— É o mais seguro, separar os herdeiros. E nos separarmos.

— Porque? — disse Mauro, visivelmente alterado.

— Porque se um dos dois grupos não conseguir… ainda temos herdeiros vivos — Disse Solfieri. — Meu dever é proteger o príncipe e Celine. — Solfieri teve que gritar para ser ouvido, os ventos foram ficando mais fortes e seus uivos pareciam carregar a voz do jovem glacinata para longe.

— Porque Celine? Altrum são aqueles que, em última instância, devem morrer para defender o Rei. — questionou Mauro.

— Ela vai ser importante um dia. Fique aqui com a princesa e, se eu não voltar a tempo, tenho certeza que ela estará com um plano pronto.

— Ela quem? A rainha?

— Não, uma amiga. Tente ficar vivo por tempo o bastante, ok?

Sid e Mauro se entreolharam; lembraram de todo o seu treinamento com armas, mapas e toda a sabedoria que Ferlin lhes transmitiu. Esse olhar que eles trocaram dizia que, nesse momento, perceberam que Ferlin sabia que se tudo desse errado caberia a eles defenderem o futuro das duas casas, Boreas e Altrum Dei. Agora cai como chumbo na consciência dos dois que eles estão na última hipótese, onde manter vivo o príncipe que, não muito tempo antes, a própria rainha permitiu que corresse do front de batalha, era essencial para manter Boreas protegida.

"Estão todos mortos" — Mauro pensou. — Ok, eu fico. — disse determinado.

— Procure abrigo antes que a tempestade piore. — Disse Solfieri. — Na costa, tem algumas cavernas. Não são fundas, mas terá abrigo dessa ventania.

— Não vejo ventanias assim por essas bandas desde que me entendo por gente. — Disse Gael — Esse tipo de tempestade só vi nas primaveras de Gothengard. Tome cuidado, meu querido amigo.

Eles então partiram em meio à ventania e escuridão para logo sumir de vista na névoa pálida. Mauro então percebeu o enorme erro que cometeu. *E se não voltarem, se não chegar ajuda? O que que eu faço?* Algumas horas se passaram e Mauro se aqueceu em uma fogueira improvisada de escombros do barco destruído. A pequena glacinata era um amontoado encolhido, dormindo em suas pernas cruzadas. A garotinha acordou, eles comeram, passaram o dia e nada. Na noite do dia seguinte o vento estava bem forte e não tinha nem madeira nem fogo que aguentasse. Então Mauro, com a pequena nos braços, decidiu procurar um abrigo. A ventania, logo que começaram a andar, se transformou em uma nevasca cruel. Eles continuaram, mais pela força de vontade de Mauro que pela força de suas pernas. Ele continuou a andar, mas a nevasca agravava seu açoite pesado sobre os dois. Decidiu seguir pela costa e subiu pelas pedras, correndo grande risco de cair e acabar com a aventura ali mesmo. Conseguiu, por fim, alcançar uma caverna dentro da qual se abrigou, sentindo-se até um pouco vitorioso por ter ganho um pouco mais de terreno naquele inferno congelante. Quisera ele tudo se resolvesse assim; a caverna não era profunda o bastante, sendo quase uma simples depressão na parede de rocha, e a ventania agressiva da nevasca enchia o abrigo de neve e areia. Mauro nem sabia mais o que era o que, só sabia que nunca havia sentido tanto frio na vida. Ele sabia que se fechasse os olhos, naquele momento, não se abririam novamente e sua promessa a Gael seria quebrada. Mesmo assim suas pálpebras pesaram, e pesaram, e caíram na escuridão.

O sol morno acariciava seu rosto; "Sid estava certo, sol e praia era realmente o que eu precisava"

— Eu não sei, ele começou a sorrir, talvez enlouqueceu. — ele ouviu em seu sonho. Então o despertar veio aos poucos e o barulho da madeira estalando na lareira o despertou para um quarto escuro, simples, com paredes de pedra rústica, uma jovem glacinata longilínea sentada na cabeceira da cama e um homem de vestes cinzas em pé.

— Ah, ele está abrindo os olhos. — disse o homem de cinza. — Ele está confuso, olhando em volta… talvez não esteja louco.

— Sim, essa reação é perfeitamente natural. — disse a moça.

— Vocês vão ficar apenas narrando? — disse Mauro — O que aconteceu?

— Olha! Ele fala nossa língua! — disse a moça sentada — Incrível!

— E fluente também!

— Alou? Isso é vida real? — disse Mauro — Quem são vocês?

— Sua pronúncia é muito boa, é a primeira vez que encontro um estrangeiro que aprendeu o dialeto de Felberg.

— Muito obrigado. — disse Mauro ao senhor mais velho. — Me perdoem por ser tão direto, mas onde estou e quem são vocês?

— Ah, ele nunca ouviu falar de nós… — disse o de cinza, novamente como se Mauro não estivesse na sala.

— Nos perdoe, não recebemos muitos visitantes. Nós somos estudiosos, literatos e mestres da universidade de Felberg.

— Universidade? Felberg tem universidade?

—A mais antiga do mundo. Nós somos frequentemente aludidos como produto de um boato. Algumas pessoas até admitem que acreditam que existimos, mas ninguém sabe ao certo se esse lugar é real. Nós dedicamos nossa vida aos estudos antigos, bem como a preservar o conhecimento histórico do nosso mundo. Estados ateus podem querer nos destruir, por isso decidimos continuar e manter-nos secretos por detrás da descrença das multidões — O templo de Felberg, Além Norte! — constatou Mauro — Vocês não são uma simples história e eu fui salvo! Onde está a rainha e os outros?

—Nós o encontramos no porto. Boreana tinha palavras, detalhando que deveríamos recebê-los. Foi difícil, mas te encontramos a tempo.

— E os outros?

—Outros quem? — disse Boreana, Mauro deduziu, fosse a moça glacinata.

— Tinham outras pessoas que partiram do porto.

—Isso faz dias, nós vasculhamos a área e não encontramos ninguém. Com a tempestade que teve iríamos perder nossos membros se ficássemos mais tempo.

— Tinha um negócio comigo. — disse Mauro, notando que também estava usando aquele estranho vestido.

— Um bebë? — disse o homem de cinza.

—Não... uma adaga... — disse Mauro — com o cabo adornado, azul.

— A adaga de Boreas! — disse Boreana. — Ela está guardada com suas coisas e com o bebê. Graças a ela soubemos que você é realmente enviado de Boreas. Nunca iríamos adivinhar que um estrangeiro seria o guardião da herdeira.

— Ótima estratégia de nossa senhora, devo admitir — disse o homem.

— É verdade. — confirmou Boreana.

Ao se sentar na cama, Mauro notou que ainda estava muito fraco. Os estudiosos foram muito prestativos e o lugar parecia surreal. Mauro insistiu para que fossem mais específicos, mas estudiosos como eles gostavam de se perder nas frases e nos pormenores. Após muito conversar, Mauro percebeu que eles percorreram todo o caminho que seus companheiros iriam percorrer e ele agora só pode rezar aos deuses, nos quais não acredita, que eles tenham chegado em Aldebaran a salvos.

Os dias passaram e Mauro ficou cada vez mais impaciente com a ausência de notícias.

— Ninguém sabe nada em Aldebaran, nem na Vila de Boreas. — disse um dos estudiosos.

— Como não? Você falou com todos?

— Certamente, o príncipe e um Sophiano com um bebê chamariam atenção. E se realmente estivessem a caminho daqui, já teriam chegado. — Acho que é hora de aceitar.

— Creio que esse é o fim do reino de Maëva. — disse o estudioso de antes.

— Mas… — disse Mauro — Démocles… não pode ser.

— Não é o fim de tudo, afinal, nós salvamos a pequena — disse Boreana — Chegando ao fim da longa noite, parta para um local seguro com a menina e a ensine sobre tudo. Ela deve voltar a essas terras. Os estudiosos daqui são leais a Família Original de Felberg, treinam observadores e se especializam no conhecimento que a rainha deve ter. Assim que ela tiver idade, devo ir buscá-la e nossos caminhos se cruzarão novamente.

— De jeito nenhum! — disse Mauro — Ela fica aqui com vocês, eu odeio crianças e certamente não sou apto a criar uma rainha. Vocês devem fazer isso… ou não faz parte dos seus deveres?

— Mas você é quem tem a adaga. — disse o outro estudioso, ali presente

— Mas vocês são daqui, não é melhor para ela crescer em sua própria terra?

— Me diga você — disse Boreana. — Como é crescer em um lugar estranho? Como é ter que se exilar de seu povo e de sua raça, para viver em segurança? Como é ter o peso de um legado para levar pra frente? Eu certamente não sei como é, seria bom ter alguém que soubesse como e passasse essa experiência a pequena Una.

— Eu... eu... — disse Mauro.

— Ela é você — disse Boreana. Logo em seguida um aprendiz entrou no hall com o bebê nos braços. Mauro a segurou e olhou nos olhos sorridentes da pequenina.

— Eu sou jovem demais pra ser pai. — disse Mauro.

— Confiamos em você! — disse Boreana.

— Boreana... e se alguém vier atacá-la?

— Por isso ela não pode ficar aqui.

— Venha comigo!

— Eu ainda tenho muito o que fazer aqui em Felberg, mas sim, eu irei encontrar com vocês no momento certo.

Capítulo 9

Boreana corria pela cidade de Aldebaran, "Ajuda" ela pedia com toda força de seus pulmões, mas apenas um sussurro saia. Ela andava, quase sem forças, e ninguém parecia notá-la, mesmo ela no estado em que estava. Mãos sangrando, sujas. Ninguém notava nada durante o evento esportivo da arena, ninguém queria saber de nada perto da final. Boreana buscava por algo, ou alguém, e ela precisava desesperadamente da ajuda de alguém competente. Seu grupo, eles eram bons no que faziam, eles tinham recursos, conseguiriam ajudá-la. Boreana mancou até o ponto onde ela encontraria um deles, ele ia saber ajudar. Ao chegar no local do evento, onde todos os membros da equipe esperavam, Boreana perguntou por alguém. Ele apareceu em seguida, com um saco cheio de brindes, camisetas e toalhas. Boreana o chamou, ele sorriu.

— Preciso de ajuda, preciso pegar algo na caverna, está tudo escuro e desmoronado. Tudo que é meu está lá. — Boreana sentia que parte dela havia sido deixada lá dentro, mas ela não sabia pôr nome nas coisas. Era algo muito importante e ela estava se desesperando. Ele não se importou, era como se ninguém entendesse a importância disso. Ele passou a arremessar os brindes para as pessoas que se amontoavam em volta dela. Ele ria, e as pessoas se matavam para pegar as peças no ar, soterrando Boreana em corpos humanos, o cheiro azedo das axilas das pessoas lhe enterrando, lhe sufocando. Ela tentava gritar e não conseguia, seu peito era pressionado e, mesmo com o rosto descoberto, ela não tinha forças para buscar oxigênio.

— ACORDA! — gritava Sorín. Boreana abriu os olhos, feliz de estar de volta. Seu jovem primo Sorin, com as mãos em seus ombros preocupado. Quem conhecia Sorin, um garoto de 13 anos, repleto de energia e piadas ruins, não imagina esse menino preocupado assim: essa face ele só mostra a ela.

Boreana tirou os cabelos dos olhos. — Eu estava sufocando.

— Eu vi. — disse Sorín. — E se um dia eu não estiver aqui? E se eu estivesse dormindo e não a ouvisse? — Boreana notou, Sorin tinha enormes olheiras. Ele continuava a velar seu sono mesmo ela pedindo para que não o fizesse.

— Os sonhos estão piorando. — disse ela.

— Você estava soterrada de novo?

— Dessa vez foi durante o evento esportivo. — Boreana diz. — Eu sempre encontro ajuda e algo acontece e eu acabo do mesmo jeito. — Ela enxugou uma lágrima relutante que escorreu de um de seus olhos.

— Isso já foi a tanto tempo, mana — diz Sorin encostando a testa dele na dela, assim como ela fazia com ele toda vez que memórias da perda de sua família o aborreciam. — Eu também ainda sonho com papai e mamãe...mas são sonhos bons...sonhos para consolar minha saudade.

— Nós somos dois desgraçados Sorin, a nossa família deve ter algum tipo de maldição. — conclui Boreana.

Desde que Celine assumiu muita coisa aconteceu. Se antes Boreas era uma mera sombra do que um dia foi, hoje, quase cinco anos depois, Boreas era a casca da casca, a sombra de uma sombra. Embora vivessem como nômades nas terras de Gothengard, Boreana e Sorin não queriam se juntar aos nômades. Eles não passavam necessidade, afinal Boreana era a melhor arqueira que já andou naquelas terras e ela passava para seu primo suas habilidades. Hoje

Sorin ia liderar a caça; a comida estava cada vez mais escassa. Com o inverno se aproximando e os batalhões caçando animais até a extinção, as coisas começaram a apontar para o dia em que eles teriam que abandonar aquela região.

Eles andaram até a erosão próxima a praia dos espinhos. Lá Sorin encontrou as focas do outro lado da encosta. Não era pra ser difícil, afinal o gelo havia acabado de se formar sobre a água, o suficiente para que Sorin andasse sobre ele como por sobre uma ponte, mas não o suficiente para também aguentar o peso dele junto ao de Boreana. Eles tinham apenas um arco e Sorin melhorava cada dia mais a sua mira. Focas são lentas, era para dar certo.

Sorin mirou e apontou. "O ideal" Boreana sempre dizia, "é poder matar o animal com apenas um disparo, não fazê-lo sofrer mais do que o necessário e não desperdiçar flechas". O gelo começou a rachar.

— Sai daí! — grita Boreana. Sorin a ignora.

— Eu vou acertar. — ele diz.

— Sorin! — Boreana diz e estende a mão na direção de seu primo.

— Calma mana, eu vou acertar! — ele dispara, mas o gelo cede e sua perna afunda na água, as focas se dispersam e Sorin erra seu alvo, terminando de afundar nas águas geladas. Boreana se joga deitada no gelo, deslizando e pega a mão de seu primo. Ele sai da água são e salvo. Boreana está em pânico, e pressiona sua testa na dele.

— Idiota, menino idiota, você quer me matar? — ela diz, mas Sorin apenas ri.

— Você precisa ver sua cara... eu não ia morrer de cair na água, Bo! A porcaria do gelo quebrou bem na hora do disparo! — ele diz, então ele olha em volta e balança a cabeça.

— O que foi?

— O arco... — ele se levanta a olha em volta, Boreana também. — Merda! — diz Sorín. — Eu perdi o arco na água!

— Sorin... — diz Boreana, soltando os braços, desapontada, mas não com raiva.

— Merda! Merda! Merda! — Grita Sorin.

— Para...já foi. Acontece.

— Eu perdi o meu arco e agora perdi o seu também! — ele diz, Boreana não diz nada. — E agora? O que vamos comer? Onde vamos caçar?

— Acho que não temos muita escolha, Sorín. — ela diz, amarrando sua aljava de flechas de volta em sua cintura.

— Mas você disse que não iremos nos juntar ao nômades. Que não iríamos lutar.

— A gente não tem muita escolha, se sairmos agora conseguimos alcançá-los. Eles podem me dar um arco, e poderemos caçar novamente, teremos o que comer.

— Boreana é injusto! — diz Sorin — Eles todos sabem quem você é, do que você é capaz, a gente vai ter que lutar com eles.

— A gente não, somente eu. — ela diz, séria. — A minha condição vai ser que não o usem em batalha. Você é um caçador, não um soldado, entendeu?

— Quem vai olhar por você nas batalhas? — ele diz — Eu preciso estar junto. Você sabe o que fazem com arqueiros quando os capturam, é desumano — Boreana não responde.

— Vamos! Devemos sair da encosta, aqui é campo muito aberto, precisamos voltar para o abrigo e secar suas roupas.

Boreana está colocando sua capa em volta de Sorín, quando ouve o barulho das focas pulando nas águas e fugindo no oceano, ela percebe que há homens ali caçando os animais, matando qualquer uma que chega em seu alcance e é algo horrível de se ver, um verdadeiro massacre, embora uma boa parte dos animais parecesse estar conseguindo fugir depois de Sorin já tê-los deixado em estado de alerta.

— Rápido! — Boreana pega a mochila de Sorin do chão e os dois apertam o passo para fugir antes de serem reconhecidos. Assoviando do alto, cai uma flecha na neve perto de onde andam. Sorin olha para trás, seu capuz cai revelando os cabelos prateados do jovem Glacinata.

— São eles! A vadia e o moleque! — grita um dos homens. Homens de Celine. Os dois começam a correr e, do outro lado da encosta, os homens atiram novamente e uma flecha passa de raspão no pescoço de Boreana, causando um corte superficial. Outros correm pela enseada, dando a volta pelo caminho mais longo para encontrá-los.

— São os homens de Belog — diz Sorin ofegante, correndo, suas roupas formando uma camada fina de gelo onde estavam molhadas. Sorin, geralmente tão rápido, corre menos veloz sob essas condições. Outra flecha perfura a capa do menino. Boreana o empurra para sua frente, a fim de usar seu corpo para proteger o garoto. Os homens de Celine são rápidos, um trio conseguiu abrir distância entre seus colegas e, na velocidade em que estavam, iam alcançá-los sem maior problema.

— Corre pro lago — diz Boreana.

— O lago está muito fino! — argumenta Sorin sobre o gelo que se forma.

— Essa é minha esperança. Vamos!

Eles correm para o lago, que fica do lado oposto do bosque onde eles se abrigavam. O gelo estava fino e o plano de Boreana era claro: correr o mais rápido que pudessem, o gelo quebrar e assim ganharem distância de seus perseguidores. O plano era bom, e funcionou até metade do lago. Teria dado certo, mas Sorin foi atingido por uma faca na perna. Boreana o puxou e tentou manter o passo, mas era apenas desse segundo parado que os lanceiros precisavam. Os lanceiros da Rainha eram guerreiros de elite e suas lanças, fiéis companheiras, sempre encontravam seu alvo. Dessa vez, o alvo era no meio das costas de Sorin. O gelo rachou em seus pés. Boreana se ajoelhou no meio do lago, segurando seu primo, seu último familiar vivo. O menino olhava para seus olhos, os olhos dele diziam tanto, Boreana queria gritar e ela não lembra se gritou. Encostou a testa dela na dele e o abraçou, enquanto o gelo rachava para os dois afundarem juntos. Assim, de perto, ela testemunhou a luz sair de seus olhos: Sorin se foi, assim como todos os outros sob seu cuidado; ela falhou novamente em proteger alguém que ama. Os lanceiros desequipavam seu aço para correr pelo que ainda tinha de gelo intacto no lago, nem perto de desistirem de caçar sua presa.

— Boreana! — gritou uma voz de mulher do outro lado do lago. — Boreana! Vamos! — Boreana sentiu algo leve bater em suas costas. Ela olhou e era uma corda, na outra ponta da corda uma mulher, um fantasma de seu passado talvez, talvez uma miragem. Sem tempo de debater, Boreana partiu para amarrar a corda em seu primo.

— Não, menina! — diz a moça do outro lado — Eu não tenho forças para puxar vocês dois. — Fazia pelo menos 5 anos que Boreana não era chamada de menina. Ela era chamada de muita coisa nessas terras, mas de menina...não desde que ela perdeu tudo na Vila de Boreas.

Boreana agarrou a corda e foi puxada até a margem do lago. Os lanceiros, no auge de sua perseguição, sucediam-se em sua formação ofensiva. Um arremessou a lança, mas não acertou seu alvo por pouco. O gelo do lago estava quebrando e eles não conseguiam passar, o plano de Boreana não foi um sucesso completo, mas deu certo a sua maneira. Boreana pegou uma flecha de sua aljava por reflexo e, ao pôr a mão nas costas, lembrou que não possuía mais um arco.

— Preciso de um arco! — ela diz com ódio — Preciso de um arco!

— Eu sei, você precisa, mas não aqui. Não agora — A moça a pegou pela mão e elas correram, os cabelos castanhos de sua salvadora, com o enorme laço vermelho, lhe trouxe memórias de tempos mais simples. Era ela, era a sacerdotisa.

As duas chegam nas ruínas do que antes foi um dos templos mais frequentados da universidade de Felberg.

— Podemos passar a noite aqui, esperando a tempestade, e seguir amanhã na primeira luz. — diz Silêncio Sideral, pegando um pedaço de cadeira, a quebrando com o pé e jogando na lareira apagada. Ela se agacha na frente para acendê-la; Boreana se aproxima dela e toca em seu laço.

— Você... — ela diz, mistificada. — A coroa de Boreas.

— Eu mesma. — responde Silêncio Sideral. Boreana se abaixa e ajuda com o fogo — Silêncio Sideral se levanta e pega mais lenha dos móveis da antiga universidade — O importante agora é nos abrigarmos e nem eu, nem você, congelarmos durante a noite.

— Vai ser difícil. — diz Boreana.

Silêncio Sideral abre sua sacola e nela há um pedaço grande de pão e peixes ressecados, suficiente para dias de viagem.

— O pão congelou, basta bastará aproximá-lo um pouco do fogo e deveremos ter uma ótima refeição para forrar o estômago — diz Silêncio Sideral sorrindo gentilmente.

Boreana não diz nada.

— Eu sinto muito por Sorin. — diz Silêncio Sideral — Eu queria ter chegado antes, mas não sou tão rápida quanto vocês, glacinati.

— Você veio como?

— Eu vim de trenó até ele ficar sem bateria e corri o resto do caminho. Se a bateria tivesse durado o suficiente, teria conseguido salvar os dois.

— Como você sabia que estaríamos em perigo?

— Hoje é o dia em que você e Sorin morrem. Você morre naquele lago, nos braços de alguém que ama — diz Silêncio Sideral, olhando para suas próprias mãos. O silêncio que se segue é sufocante e quem o quebra é Boreana.

— Porque agora? Porque não cinco anos atrás, quando fomos exilados da vila? Porque não 5 anos atrás quando perdi todos os meus amigos? Porque não três anos atrás quando, nesse mesmo prédio, fomos atacados pelos lanceiros da Alvorada?

Silêncio Sideral tira de dentro da gola de seu macacão um lenço e posiciona no pescoço de Boreana, o sangue pinga novamente. Boreana pressiona o lenço com a mão e observa o fogo, o pão começa a emanar um cheiro bom que faz seu estômago tremer em antecipação, ou seria culpa?

— Você é quem você é hoje por causa de tudo que te aconteceu.

— O primo não merecia ir daquele jeito... — diz Boreana se sentando no chão de vez, cansada e triste.

— Ele não merecia um monte de coisas que aconteceram com ele, assim como você, da mesma maneira. — diz Silêncio Sideral — Muita gente merece o bem e o bem nunca vem, muita gente merece pior e o pior nunca vem também. O balanço não existe pra gente que nem eu e você, Boreana. Gente que nem você sobrevive enquanto outros desistem e a vida passa a ser um teste após o outro.

— Eu pareço sempre estar no lugar errado, na hora errada. Era pra eu ter morrido com meus pais no dia do massacre, é isso que eu sinto.

Silêncio Sideral se levanta e anda até uma vitrine de troféus, em frente a grande porta de entrada.

— Boreana, me escute, precisamos voltar.

— Voltar para onde? — Boreana não aguenta esperar e parte um pedaço do pão, o cheira com vontade e morde um pedaço.

— Para um ano antes de você me conhecer.

— O que? — ela indaga de boca cheia, engole rapidamente o pedaço de pão que saboreava e anda até onde Silêncio Sideral está. — Como?

— Eu lembro de você morrendo, sem nunca atingir seu potencial, e hoje eu vim resolver isso.

— Você é maluca! — diz Boreana — Está falando de voltar no tempo?

— Sim, pelo portal em Gothengard. Eu conheço a fórmula, podemos fazer isso juntas.

— Eu... — Boreana hesita — Jamais... isso é loucura eu jamais faria isso. Mesmo se acreditasse em você, isso é loucura! Se eu aparecer anos no passado, o que acontece comigo que já existe lá? Quem cuida dos meus avós, do Sorin?

Silêncio Sideral respira fundo, se levanta calmamente, coloca as mãos nos bolsos, e dá três passos lentos, mais próxima ao fogo.

— Em Alexandria tem um portal para Oreon, — ela diz, tirando as mãos dos bolsos e as aquecendo na lareira — é o único portal que te coloca horas no passado após a chegada. O engraçado é que quem está em Alexandria consegue receber comunicação de quem já chegou em Oreon, mesmo antes dessa pessoa ter iniciado sua viagem. Então é costume local: sempre que alguém planeja viajar para Oreon, deve enviar uma mensagem a um ente querido dizendo *"Cheguei bem, já estou aqui"*, e se a mensagem não chega raramente a pessoa decide partir. É considerado mau agouro por lá.

— Você está dizendo que a pessoa viaja algumas horas no passado, de Alexandria para uma de suas luas? — pergunta Boreana

— E se meu ente querido receber a mensagem antes de eu partir, mas após eu passar eu não enviar a mensagem?

— Não é possível.

— Como assim? — diz Boreana — Ninguém é obrigado a enviar uma mensagem depois que passa pelo portal. Eu posso conscientemente escolher não enviar essa mensagem.

— É aí que você se engana. — diz Silêncio Sideral — Você não pode alterar um evento que já aconteceu. Quando a pessoa passa pelo portal ela envia a mensagem, esse evento já aconteceu, ela vai fazer isso. Algumas coisas não mudam. É como uma profecia, é imutável.

— Isso não faz sentido!

— As pessoas vivem partindo do princípio de que o livre arbítrio é uma força infinita, inata de qualquer ser consciente no universo, mas isso não é verdade. Vocês experienciam o tempo de forma linear, mas ele não ocorre dessa forma. Quando vocês molham os dedos na água do tempo, seu livre arbítrio é inevitavelmente sacrificado na equação. Nesse caso, o livre arbítrio não passa de um sentimento, uma ilusão.

— E o que isso tem a ver comigo? — diz Boreana impaciente. Silêncio Sideral estica o braço pelo vidro quebrado da vitrine de troféus e levanta um porta retrato que havia caído, o posicionando em seu lugar original.

— Apenas uma foto, o que é que tem? — diz Boreana.

— Olha direito. — diz Silêncio Sideral.

— Eu sei o que você está me mostrando.

Essa foto era do time da sua universidade, quando ganhou os jogos de Messina, os primeiros em décadas a conseguirem o maior prêmio. Todos listados por nome, exceto uma, a arqueira. Seus colegas diziam que ela era a cara de Boreana, e ela era parecida, talvez um parente distante.

— Eu cansei de olhar pra essa foto, essa mulher é parecida comigo sim, porém bem mais velha, e de cabelos curtíssimos. — diz Boreana. Silêncio Sideral sorri.

— Ela não é tão mais velha hoje...olha. — Boreana se aproxima e pega o porta retrato, pela primeira vez ela tem em mãos a foto. A mulher é idêntica a ela, era como olhar num espelho. Boreana passa o dedo no vidro a fim de enxergar melhor. No pescoço dessa mulher tem uma cicatriz, um corte fino. Boreana posiciona a mão em seu próprio machucado. — Não pode ser.

— Eu te contei essa história, pois você já aceitou voltar e você já veio comigo. Você foi inteligente o suficiente para me enviar essa mensagem de seu futuro. Seu senso de responsabilidade moral é alto demais para você simplesmente deixar seu povo para trás, você mesma sabe disso e é por isso que precisamos tanto de você.

— De que eu sou útil? — diz ela, devolvendo a foto e voltando a se sentar em frente à lareira.

— Preciso de você assim, do jeito que você é. Quebrada como é, triste como é, sozinha como é. Você, desse jeito, é hoje a pessoa mais incrível que cruzou o meu caminho. — Silêncio Sideral se abaixou atrás de Boreana e colocou suas mãos em seus ombros — Você hoje, é a pessoa mais preparada e audaz que já andou ao meu lado.

Boreana pega na mão de Silêncio Sideral e Silêncio Sideral se senta ao lado dela. Boreana nota uma ferida próxima à palma da mão de Sisi. — Isso...

— Quando eu esfaqueei Apollo me machuquei, lembra? Você chorou quando me viu ser carregada pelos soldados, você me ajudou a escapar.

— Eu lembro... — disse, cabisbaixa. — Você não envelheceu, nem um só dia, e sua ferida ainda é fresca.

— De forma linear isso aconteceu na semana passada pra mim. — diz Silêncio Sideral.

— E você veio direto me visitar?

— Você é a primeira heroína que recrutei. — diz Silêncio Sideral. Boreana sorri com o canto da boca, um pouco cínica.

— Por isso me disse aquelas coisas no castelo. — lembrou Boreana.

— Eu não sei o que vai acontecer — diz Silêncio Sideral — Eu só lembro do que já aconteceu. Se isso der certo, imagino que algumas coisas irão mudar sim, mas você vai continuar seu caminho.

— Eu posso voltar e salvar meus tios?

— Você vai salvar muito mais que só seus tios.

— Eu preciso voltar então...

— Bom, primeiro você tem que salvar a rainha e então vencer os jogos de Messina. — diz Silêncio Sideral.

— Entendi. Simples assim? — diz Boreana sarcasticamente.

— Você já os venceu, a prova está ali. — ela aponta para a vitrine.

— Você sabe o que aconteceu durante esse tempo todo, desde que você saiu da vila? — diz Boreana.

— Eu não sei de nada desde que te removi do gelo. Quando a realidade muda, eu esqueço de tudo por um instante e levo um tempo para relembrar o que acontece de novo.

— Bom... — diz Boreana — Meus avós morreram no grande êxodo. Celine ficou louca um dia e resolveu expulsar de Gothengard todo mundo que era velho ou jovem demais para lutar. Mesmo eu caçando e cuidando deles, aos dezesseis anos estávamos viajando na neve nas vésperas da longa noite. Muitos idosos não aguentaram, meu avô foi primeiro, e minha avó se foi dias depois de chegarmos na cidade. Após esse dia, sem ter ninguém para cuidar, voltei a Felberg.

A vida estava voltando aos eixos e meus tios se dispuseram a nos ajudar. Eu comecei a me sair bem na universidade, estava estudando artefatos e praticando arquearia.

— Nunca participou de competições?

— Nunca tive paciência. Pouca gente na universidade sabia o quão boa eu era — disse ela — Nessa época, todo meu grupo tinha fechado o mausoléu de Felberg, pois havia sido descoberta uma caverna. Nós entramos e a caverna era linda e rica em elementos e artefatos antigos. Era tudo marrom como a terra de outras terras, algo que não vemos faz tempo, possivelmente datando antes da era dos deuses, quando tudo foi coberto com gelo eterno.

— Impressionante. — diz Silêncio Sideral.

— É, mas não importa agora, pois quando estávamos lá, durante as escavações e os estudos, eu fui mexer em algo que não devia. Escute, no fundo da caverna havia um portão enorme, lacrado. Eu, inclusive, tinha sonhos com ele, e ainda os tenho até hoje. Do lado do portão, duas estátuas de pedra de homens com, pelo menos, seis metros de altura, suas cabeças pareciam sustentar o teto. Assim que abri o portão vi que se tratava de uma espécie de cofre. Um arco estava lá dentro, esquecido, e eu… toquei o arco. Assim que toquei, essas estátuas se moveram e começaram a se levantar; a pedra se quebrou e, por trás da fina epiderme de rocha, distingui que se tratavam de gigantes de gelo, como nas lendas mais antigas. Ao se moverem abalaram a estrutura da caverna, e fomos todos soterrados. Eu corri, muitos alunos conseguiram fugir a tempo, mas meu time, que pesquisava lá no fundo… — Boreana se calou. — Eu me cavei pra fora de lá, foi por pouco que não morri. Não sei de onde tirei forças. — Ela olhou para as mãos — Perdi a maioria das minhas unhas naqueles dias soterrada, quase me sufoquei diversas vezes.

— Como você conseguiu sobreviver, se estava no fundo da caverna com seu time?

— Eu não desisti, removi pedra por pedra. — diz Boreana — Não que eu quisesse viver… era mais algo como… eu não queria ficar lá para sempre, com aquele cheiro ruim vindo dos corpos dos meus colegas, que me acolheram antes — Boreana coloca o pão de lado, sem apetite — Bom, já tinham desistido de encontrar sobreviventes quando me viram: o resto permaneceu soterrado e eu ainda luto com o sentimento que me chama de volta para aquela caverna.

— Não era pra ter tanta gente ali, Boreana…

— Eu imagino. — diz ela — Mas foi o que aconteceu. Eu nunca contei a história inteira, apenas você e Sorin ouviram a minha versão. — Silêncio Sideral sorriu gentilmente. — Eu devia ter morrido com os meus pais no dia do massacre…

— Não, você é uma heroína. E seu destino é o que você fizer dele. Fora isso, não acredito que o que te chama de volta naquele local seja a culpa pelos mortos, mas sim o seu destino inevitável: o arco de gelo eterno.